CW01622055

.N DEG

YR WYLAN DEG

KATE ROBERTS

gwasg gee

Argraffiad cyntaf 1976
Trydydd argraffiad 2011

ISBN: 978-1-904554-11-0

Cydnabyddir cefnogaeth ariannol
Cyngor Llyfrau Cymru

Argraffwyd gan Y Lolfa, Talybont, Abersytwyth
Cyhoeddwyd gan Wasg Gee (Cyhoeddwyr) Cyf., Bethesda
www.gwasggee.com

CYFLWYNIR Y
LLYFR HWN

I

LEWIS VALENTINE

Rhagair

Cyhoeddwyd *Yr Wylan Deg* gyntaf yn 1976. Mae yma dair ar ddeg o straeon byrion, tair a ysgrifennwyd ynghanol yr ugeinfed ganrif (*Yfory ac Yfory*, 1949; *Yr Apêl*, 1950, *Heb Gyffro Mwy*, 1953), a'r gweddill tua diwedd oes yr awdur. Ymddangosodd y straeon yn wreiddiol mewn cylchgronau megis *Taliesin*, *Y Traethodydd*, *Barn*, *Mabon*, *Y Genhinen* a'r *Faner*.

Straeon yn sôn am hen wragedd sydd yma'n bennaf, ond mae yma bobl o bob oed – ifanc, canol oed a hen. Mae'r awdur yn eu hadnabod i gyd.

Os oes llinyn yn cydgysylltu'r straeon, yna'r gwrthdaro rhwng y personau hyn a'i gilydd yw hwnnw. Mae yma hiwmor a thristwch – hiwmor distaw mae'n wir, ynghyd â'r ychydig dristwch. Rhyw wenu trwy ein dagrau a geir yma.

Cynnwys

Cwsmeriaid

'Rwyf yn cerdded hyd y siop yma fel dafad â'r bendro arni, yn methu gwybod yn iawn ers dyddiau i ba le yr wyf yn mynd. 'Rwyf wedi edrych ymlaen ers misoedd at ddydd fy ymddeol, ond fel mae'r amser yn nesu nid wyf yn teimlo mor hapus. Misoedd yn ôl yr oeddwn yn cofio am bob dim cas oedd wedi digwydd yma, ond erbyn hyn cofio 'rwyf am y pethau braf, ac yn drist, nid yn unig am fy mod yn ymddeol, ond am fod y siop yn gorffen fel siop fwyd. Pe buasai muriau'r lle yma yn medru siarad buasai'n gwneud nofel dda, ond y fi, erbyn hyn, ydyw'r unig un sydd yn ei chofio ers deng mlynedd ar hugain. Dim ond rhyw bum mlynedd sydd er pan mae Wil ar y cownter cig moch, a dim ond dwy flynedd sydd er pan mae Ela yn y post tu ôl i'r siop.

Mae llawer o bobl yn meddwl mai lle anniddorol ydyw siop, ac nad oes eisiau llawer o ymennydd i weini ar gwsmeriaid. Ond yr wyf fi yn meddwl fel arall, ac mai lle diddorol iawn sydd rhwng y pedwar mur yma, a bod eisiau tipyn o ddychymyg i drin pobl. Mae yma gyfle ardderchog i ddwad i adnabod pobl, cyn belled ag y medrir adnabod pobl o gwbl. Mi fyddaf i yn meddwl weithiau nad yw'n bosibl adnabod pobl er i chi fyw am ddegau o flynyddoedd efo hwy. Er hynny, nid yw'n anodd gwybod sut gartrefi sydd gan bobl wrth weld y pethau y maent yn eu prynu.

Dyna i chi Sera Jones, rŵan, mae hi'n ddeuddeg a phedwar ugain oed, ac yn troedio'r hanner milltir hyd yma ddwywaith bob wythnos. Mae hi'n cerdded fel pioden ac yn codi ei llaw arnaf i wrth fynd heibio at Ela i godi ei phensiwn gynta, ac yna dwad ata'i. Nid yw'n medru dim un gair o Saesneg, ond nid yw'n cymryd ei gorchfygu gan yr enwau Saesneg sydd ar bob dim. 'Tun o Benjam Ffrwst,' meddai hi, a minnau'n estyn tun o Benjer's Food iddi hi. 'Chwarter o Eisin Sîl,' meddai hi wedyn, a finnau'n pwyso chwarter o fferins Red Seal iddi. Mi fydd yn traethu'n arw weithiau, cwyno bod snoden yn y dorth wen ddwaetha gafodd hi, a pheth mwdral o friwsion yn y dorth wenith. A mae dyn drws nesa yn taflu chwyn o'i ardd ei hun i'w gardd hi. 'Rhyw fwltalial o ddyn,' meddai hi. Mae hi'n dwad yn ei chlocsiau yn y gaeaf. Os gwêl hi rywun yn smocio uwchben y bocsus negesi fydd yn barod i fynd allan, mae hi'n mynd atynt ac yn eu tafodi. Ni fydd eu hanner yn dallt Cymraeg, ond mae ganddyn' nhw grap ar beth mae hi'n ddweud, a maen nhw'n stopio hefyd. 'Mae'r stryd yn ddi-fai iddyn nhw, y slebogau,' meddai.

Mae hi'n gwybod i'r dim beth sydd arni ei eisiau, ac os gofynnaf i fydd arni eisiau rhywbeth yn rhagor, mae hi'n fy atgoffa i mai pensiwn sydd ganddi hi. Ym mhoced ei phais mae hi'n cadw ei harian, a bydd ganddi seremoni fawr o droi ei chefn arnaf wrth dalu, codi ei sgert ac estyn ei phwrs. Bydd yn rhaid iddi gael gafael ymhob blwch matsus a'i ysgwyd, rhag ofn na fydd o ddim yn llawn. Os bydd y matsus yn ysgwyd yn y bocs, mae hi yn ei wrthod. Clywais Ela'n dweud os bydd Sera Jones yn gyrru parsel trwy'r post, y bydd hi'n gofyn fydd dim posib ei yrru'n rhatach. Mae arni hi eisiau bargen hyd yn oed wrth bostio parsel. Gofynnais iddi unwaith faint oedd er pan gladdodd ei gŵr. 'Mae'n agos i ddeugain mlynedd,' meddai, 'erbyn hyn 'dydw i ddim yn cofio sut wyneb oedd gynno fo.' Edrychais yn syn arni. 'Mae o cyn wiried â bod bara mewn torth,' meddai hi.

Mae yma un wraig od yn prynu bwyd, Mrs Roberts mae pawb yn ei galw. Mae ei gŵr wedi ei gadael, a chanddi dri o blant. Ni fydd yn siarad fawr ddim, a bydd wedi ysgrifennu ei neges ar bapur yn barod, yn Gymraeg i gyd nes daw at y diwedd. Bob tro bydd y geiriau hyn ar odre'r papur, 'Bits please with thanks Z.O.R.' Ystyr hynny ydyw, ei bod hi'n gofyn am y darnau cig moch fydd wedi eu gadael ar y plocyn wrth sleisio. Bydd Wil weithiau yn rhoi sleisen iawn ar ben y darnau. Mae'n rhaid ei bod yn fain arni. Mae'r plentyn ieuengaf yn rhy fychan iddi fedru mynd allan i weithio. Er ei bod yn gwneud ei negeseuau yma ers blynyddoedd, nid wyf fymryn nes o'i nabod na phan ddechreuodd yma. Bydd arnaf eisiau dweud rhywbeth i godi ei chalon, ond mae hi'n cau fel cragen, eithr yn diolch yn gwrtais bob amser.

Dynes fydd yn fy ngwneud yn sowldiwr ydyw Mrs Evans. Mi fuasai'n licio dweud bod pob dim sydd ar y silffoedd yma yn sothach. Mae hi'n gofyn am bethau na fuasech yn medru eu cael y tu yma i *Fortnum & Mason*, disgwyl bod rhyw siop mewn tref wledig yn gwerthu'r pethau mwyaf moethus. Os bydd tolc mewn tun cig (ydi, mae hi'n prynu cig tun) neu dun ffrwythau, ni chymerith hi mono; mae arni ofn cael gwenwyn. Mae Wil wedi rhoi un hyd at y gwaed iddi. Yr oedd hi'n gofyn o hyd ac o hyd iddo o ble'r oedd yr wyau'n dwad. Un bore mi welais i fod rhywbeth anghyffredin wedi digwydd. Croesodd Mrs Evans at fy nghownter i a gwyrodd ymlaen drosto, a dweud yn ddistaw bach wrthyf fod Wiliam wedi dweud peth budr iawn wrthi, ei bod wedi gofyn o ble'r oedd yr wyau wedi dwad, a'i fod o wedi dweud mai o ran neilltuol o gorff yr iâr, na feiddiai hi mo'i enwi. 'Wel,' meddwn i wrthi, 'mae gan iâr ben ôl, 'run fath ag sydd gynnon ninnau.' 'O,' meddai hi, 'mi ddefnyddiodd air butrach na hwnna o lawer, faswn i ddim yn licio'i ddweud o.' 'Mae Wiliam yn galw rhaw yn rhaw, Mrs Evans.' 'Fedra i ddim gweld bod a wnelo rhaw ddim â'r peth, Mr Owen.' ' Dull o siarad,' meddwn i, ac euthum ymlaen i ddweud ei bod hi'n cael ei hwyau o Fryn Meirch bob wythnos, y lle glanaf posibl. Yr oedd yn dda ganddi glywed hynny, o achos bod rhai pobl yn taflu pob math o sgrwtsh budr i'r ieir. Ni phoenwyd Wil ar ôl hynny.

Nid pethau digri fel yna sy'n digwydd bob amser. Mi gollodd Dic Edwards ei wraig yn sydyn iawn, ac yntau newydd ymddeol, wedi meddwl cael mynd a dwad efo'i wraig a philtran yn yr ardd. Mae o'n gorfod gwneud ei negeseuau ei hun rŵan, peth sydd allan o'i fyd yn hollol. Yr oedd ei wraig yn ei fwydo fel petai o'n gyw deryn. Pan ddaeth o yma gynta ar ôl ei chladdu, ni wyddwn ar y ddaear beth i'w ddweud wrtho. Yr oedd mwy na lled y cownter rhyngof i a fo. Y cwbl y medrwn ei ddweud wrtho oedd fod yn ddrwg iawn gennyf drosto. Sut y medrwn i fynd i mewn i ogofeydd mynydd ei boen? Ni wyddai yntau 'chwaith sut i ddechrau ordro ei neges. ''Dwn i ar y ddaear beth oedd Margiad yn'i brynu,' meddai. Dywedais wrtho y medrwn i ddweud yn hollol beth fyddai hi yn ei gael. Cododd ei galon dipyn. ''Dwn i yn y byd sut mae gwneud tamaid o fwyd i mi fy hun.' 'Gresyn na fuasai rhai o'ch plant yn byw yn eich ymyl, Mr Edwards.' 'Ia, 'dwn i ddim beth sy'n bod ar bobl y dyddiau yma, eisiau mynd i Loegr, yn ddigon pell oddi wrth eu hen ardal. Maen' nhw fel petasai arnynt gywilydd o'u cartrefi, a wedyn maen' nhw'n priodi rhyw Saeson nad oes dim posib'i dallt nhw'n siarad.'

Teimlwn yn hollol ddiymadferth.

Bob bore Llun mi fydd John Pyrs yn dwad yma i drafod y pregethau dydd Sul. Ychydig iawn o siawns sy ganddo hefyd, achos mi fydd cwsmeriaid yn dwad i mewn i dorri ar ei draws o. Y gwyn fwyaf ganddo bob dydd Llun fydd, na fydd o ddim wedi clywed hanner y pregethau am fod y pregethwyr yn siarad yn rhy ddistaw, neu'n gostwng eu llais ar ddiwedd brawddeg. Rhoi un floedd fawr, ac yna siarad wrth y sêt fawr yn unig. A dim yn gwneud defnydd o'r meic, yn cilio'n ôl oddi wrtho, a dwad ymlaen wedyn, yr un fath â phetaent yn eistedd ar gadair siglo. Cytunwn yn hollol, a dweud y dylid dysgu yn y colegau diwinyddol sut i ddefnyddio llais. Digon herciog fydd ein dadleuon ni.

Y bobl gasaf gennyf i ydyw'r rhai sy'n gwrthod talu eu dyledion. Mae'r bos wedi dweud wrthyf am wrthod rhoi neges iddynt. Mi ddaeth rhyw Mrs Williams yma ryw ddiwrnod tua deg o'r gloch y bore, wedi gwisgo'n drwsiadus fel petai hi newydd ddwad allan o fambocs. Ni wyddwn beth i'w wneud achos mae hi'n un o'r rhai gwrthodedig. Pan ddaeth hi at y cownter, euthum yn bur grynedig, a daeth atal dweud arnaf. 'Y-y-' meddwn i, 'mae'r bos wedi dweud—.' Ond cyn imi gael gorffen dyma hi'n tynnu dau bapur punt allan o'i phwrs ac yn dweud, 'O, mae gen i ddigon o bres heddiw.' Beth fedrwn ei wneud, ond rhoi neges iddi? Ceisiwn wneud y sym yn fy mhen wrth fynd ymlaen. Y peth ddylaswn i ei wneud oedd dweud wrthi y cymerwn yr arian yna at y ddyled yr oedd hi heb ei thalu eisoes. Ond fel arall y bu hi. Wedi gwneud y cyfrif gwelwn y buasai newid o'r ddwybunt. Beth bynnag, dyma hi'n dweud na fedrai dalu dim ond punt imi, ac yr oedd y neges yn 160p. Ni fedrwn gael yr hyn oedd dros ben yn ôl, achos yr oedd hi wedi rhoi'r neges yn ei basged mewn dau funud, a chodi helynt y buaswn i wrth fynd i'w basged. Modd bynnag, daeth un o'r plant yma ymhen rhyw awr, eisiau rhagor arno. Gwelais nad oedd ganddo arian, a dywedais wrtho am fynd adre a gofyn i'w fam ddwad yma. Nid oeddwn yn hoffi gwrthod plentyn; ni fuasai ef yn deall reit siŵr. Ni welais mo'r fam wedyn.

Mae'r gŵr yn cael cyflog mawr a dim ond dau o blant sy ganddynt. Gwario y maent, nid ar bethau rhy grand ond ar bethau fel piano, gitâr, telyn, teledu lliw ac ati, a mynd bob wythnos, y pedwar ohonynt, i Lerpwl i'r opera neu i ddrama. A fedrwch chi ddim gwneud hynny ar ddwy a dimai. Mae'n debyg pe baech yn mynd i'w tŷ nhw, y medrech dorri Diwylliant (efo D fawr) efo cyllell. Wel, ni raid imi fynd trwy beth fel yna eto.

Ymhen pythefnos byddaf innau yn piltran yn yr ardd yr un fath ag y bwriadodd Dic Edwards. Yn lle estyn a chyrraedd oddi ar y silffoedd byddaf yn rhoi pethau'n ôl ar y silffoedd wrth olchi llestri. Ni chaf gymysgu efo pobl na chlywed newyddion fel y byddwn yn y siop yma. Clywem bob newydd yma a hynny o flaen pawb. Mae'r deng mlynedd ar hugain diwetha yma wedi bod yn gyfnod o ddwad i adnabod bobl, cymdeithas arbennig, os oes posibl dwad i adnabod pobl o gwbl. Mi hoffwn i weld lluniau o'r hen gwsmeriaid wedi eu gosod ar y muriau yma, i atgofio pobl o'r amser a fu. Yr wyf yn eu caru heddiw. Ymhen pythefnos bydd y siop yma yn siop mân bethau, mân bethau, myn diân i, a hithau wedi gwerthu bwyd da i bobl am ddegau o flynyddoedd!

Dau Grwydryn

Pe buasai rhywun yn cerdded ar hyd lôn bach gul y tu allan i dref fechan yng Ngogledd Cymru ar fore Sul poeth ryw fis Gorffennaf a rhoi ei ben dros y wal fe welsai olygfa anghyffredin; afon fechan yn rhedeg yn undonog a distaw, yr haul yn taro ar garreg ar fin y dŵr, ac yn gwneud iddi anfon pelydrau allan fel seren, a dyn canol oed yn lled orwedd ar y dorlan, y dyn yn flêr, ei goesau yn noeth a'i drywsus wedi ei dorchi hyd y tu uchaf i'w ben glin. Hen het wellt hen ffasiwn am ei ben, twll yn ei chorun a chydyn o'i wallt yn dyfod i fyny trwy'r twll a gwneud i'r dyn edrych fel ceiliog.

Buasai'r dyn yn troi ei ben at y wal yn sydyn a disgwylgar, ac yna yn ei droi yn ôl yn siomedig.

Disgwyl am ei gyfaill Sam yr oedd Wil; yr oedd wedi addo cyfarfod ag ef yma am ddeg y bore, ac yr oedd yn awr yn tynnu am hanner dydd, os oedd y wats hen ffasiwn oedd ganddo yn dweud y gwir. Yr oedd newydd fod yn golchi ei draed yn yr afon a'u rhwbio efo graean gwyn fel y gwelsai ei nain yn sgwrio'r bwrdd mawr ers talwm iawn, a gadael iddynt sychu yn yr haul. Peth caled oedd disgwyl, disgwyl am y meddyg, disgwyl am fwyd, disgwyl i gael eich crogi a phob disgwyl arall. Yr oedd Wil yn gynhyrfus iawn yn y disgwyl hwn, fel merch yn disgwyl am ei chariad.

Yma, flwyddyn yn ôl, yr oedd Wil a Sam yn y llecyn hwn yn tynnu allan reolau ar gyfer eu taith. Yr oeddynt wedi rhoi'r gorau i'w swyddi fel athrawon ysgol, ac wedi penderfynu mynd i deithio trwy Gymru fel crwydriaid, cardota bwyd a gweithio tipyn ar y tir er mwyn cael arian, am eu bod wedi diflasu ar eu bywyd, ac os byddai'r arbraw yn llwyddiannus yr oeddynt am wneud gwaith crwydryn yn alwedigaeth. Ofnai Wil fod rhywbeth wedi digwydd i Sam yn ystod y flwyddyn — nid oeddynt wedi gohebu â'i gilydd yn ystod y flwyddyn — dyna un o'r rheolau. Un arall oedd nad oeddynt i fynd i gapel, nac i sôn am y gorffennol.

'Hei!' o'r ochr arall i'r wal. Wil yn troi ei ben yn sydyn a'i wyneb yn newid. Ie, Sam oedd yno. Wedi cyrraedd y dorlan. 'Wel,' meddai Sam a 'Wel,' meddai Wil, heb fedru dweud rhagor o swildod dau gyfaill wedi bod ar wahân am hir.

Toc dyma Wil yn dweud yn chwithig fel petai yn ddyn dieithr,

'Wedi bod yn golchi fy nhraed yr ydw i, a'u rhwbio efo graean gwyn fel y byddai nain yn sgwrio'r bwrdd cwpwrdd. Lle buost ti'r bore yma, 'roeddet ti i fod yma am ddeg?'

'Mi synni glywed imi fod yn y capel.'

'A thorri un o'r rheolau.'

'Fel y gwnest tithau rŵan wrth fynd i'r gorffennol a sôn am dy nain.'

'Nid gorffennol ydi sôn am fy nain.'

'Be arall ydi o, nid ddoe y ganed dy nain, y twpsyn.'

''Rydyn ni'n dau wedi torri'n rheolau felly. 'Rydw i'n licio beth ddwedodd Bertrand Russell am y gorffennol: "*Duw ofnadwy yw'r gorffennol er ei fod yn rhoi i fywyd bron y cyfan o'i harddwch.*" Ac mi est i'r capel yn y dillad blêr yna?'

'Do.'

‘’Rwyt ti’n edrach fel Lord Niwbro o’th geseiliau i fyny, ac fel yr hyn wyt ti o fanno i lawr, fel trampar.’

‘Mi ges yr het frethyn yma gin ryw wraig ifanc. ’Roedd hi’n newydd sbon. Ei gŵr wedi’i phrynu hi yn’i ddiod ryw noson, ac yr oedd hi’n edrach fel ploryn ar’i ben o. Mae coler y crys yn iawn ond mae twll dan y gesail: y fo oedd biau hwn hefyd.’

‘Dwad i mi,’ meddai Wil, ‘sut y bu hi iti fynd i’r capel?’

‘Cerdded yr oeddwn i ar y stryd, a dyma ddynes glên iawn yn siarad efo mi, a gofyn oeddwn i am fynd i’r gwasanaeth. Mae’n rhaid mod i’n wan iawn ar y pryd, dyma fi’n mynd i mewn ac eistedd yn y sêt llongwrs wrth y drws a’m cefn ar y pared.’

‘Am beth oedd y pregethwr yn traethu?’

‘Be ’ddyliet ti?’

‘Y mab afradlon.’

‘Iawn y tro cynta.’

‘Beth oedd gynno fo i’w ddweud?’

‘Canmol y tad yr oedd o; soniodd o fawr am y mab afradlon’i hun. Mi ddoth o a’i wraig ata i i siarad ar y diwedd a diolch imi am droi i mewn. ’Rydw i’n credu’u bod nhw wedi gweld ein hanes ni yn y papur. Ces wadd i fynd efo nhw i ginio. ’Roedd y mwyafrif yn tynnu’u sgerti atyn’ wrth fy ngweld. Gwrthod y gwahoddiad wnes i, ond mi ddwedodd y wraig y gwnâi hi frechdanau cig i mi, a dyma nhw. Mi gawn wledd iawn rŵan. Mi brynais botel bop ar y ffordd yma.’

‘Wyt ti’n meddwl bod y crwydro yma wedi bod o werth?’

‘Fedra’ i ddim dweud. Dengid wnaethon ni oddi wrth waith a diflastod byw, am fod pobol yn annioddefol. Wel, gweld pobol yr oedden ni ar y daith, ond’u bod nhw’n wahanol bobol bob dydd. A gwaith oedd cerdded. Ei di ddim i unlle trwy ddiogi.'

'Nag ei,' ebe Wil, 'os nad oes gynnon ni ddigon o arian. Mae diogi yn beth braf, fel yr ydw i wedi profi am ddwyawr er pan fûm i yn gorwedd yn y fan'ma. Mi ddylai'r Eisteddfod Genedlaethol roi cystadleuaeth cywydd moliant i ddiogi.'

' Mi fasa'n haws ganddyn' nhw'i roi o yn destun cerdd ddychan.'

'Dyna oedd ein hen fywyd ni, gwaith, gwaith, gwaith. Dysgu plant a'r rheini heb fwy o ddiddordeb mewn gwybodaeth na chath fy nhŷ lodging i.'

'Mae bywyd yn anodd,' meddai Sam. ''Rydw i'n credu mai'r cefndir ofnadwy sydd i fywyd heddiw, y pethau yna sydd yn y papurau bob dydd, dyna sy'n diflasu ac yn poeni dyn.'

'Ia, mae'n siŵr, ond 'dydwi ddim yn meddwl mai pethau fel yna sy'n gwneud dynion yn hapus neu'n anhapus. 'Dydi cael canlyniadau da gan y plant mewn arholiad ddim yn rhoi hapusrwydd i mi. Stad o feddwl ydi hapusrwydd heb fawr reswm drosto.'

''Rwyt ti'n iawn. Yng nghanol rhyw ebwch anhapus, mi fyddwn i'n cael ffit sydyn o deimlo'n hapus. A fel arall. 'Rydw i'n cofio pan oeddwn i ar fy nhrafalîs, dwad i ochor bryn, lle y medrwn weld cwm bach islaw imi, cwm bach yr un siâp â soser, a ffermydd yma ac acw hyd-ddo fel gemau ar fodrwy, a theimlo'n ddigalon wrth weld y fath olygfa.'

'Dwad i mi, Sam,' meddai Wil, 'gest ti brofiadau go gynhyrfus ar dy daith?'

'Yr un patrwm oedd i lawer ohono fo. Cael fy ngwrthod, cael fy nhafodi a dweud y dylai dyn cry fel fi fod yn gweithio. Cael tamaid o fwyd gan rai, pres gan y lleill. Mi dreiais ganu, a chael pres er mwyn imi fynd i ffwrdd.'

'Felly finnau a chael cau'r drws yn glep yn fy wyneb gan rai.'

'Mi welais i un ddynes ddiddorol. Dynes fawr, dew, glên iawn. Mi roth bryd o fwyd iawn i mi, lobscows a phwdin reis. 'Doedd'i gŵr hi ddim gartre. 'Roedd o'n mynd i gymowta bob dydd, meddai hi, a hithau a'r gwas yn gwneud pob dim. Ond yr oedd hi'n mynnu cael mynd i'r dre bob nos Sadwrn i gyfarfod â ffrind iddi, a byddai'r ddwy yn mynd i westy a chael cinio iawn. Mi ofynnais iddi beth oedd hi'n feddwl o'r byd heddiw. Uffern, yn ei meddwl hi. Ond yr oedd hi'n teimlo wrth gael mynd allan ar nos Sadwrn ei bod hi'n medru cael mymryn o amser i anghofio'r byd. Dyma hi'n dweud mai'r ddau beth fyddai hi yn ei fwynhau fwyaf fyddai cyfarfod gweddi a drama ddigri. 'Rydw i wedi bod yn meddwl byth oddi ar hynny beth sy'n debyg rhwng cyfarfod gweddi a drama ddigri.'

'Wel, geill y ddau beth fod yn huawdl. Be 'ddyliet ti, mi fûm i yn y jêl am noson.'

'Y nefoedd fawr, beth wnest ti?'

'Yr oeddwn i'n pasio rhyw ysgol ramadeg a'r plant yn dwad allan, dyma rai o'r hogiau yn gweiddi ar fy ôl, ac yn defnyddio'r iaith futraf glywaist ti 'rioed. Mi wylltiais ac mi rois waldras iawn i un ohonyn nhw efo'm pastwm. 'Roeddwn i'n teimlo 'mod i'n cael gwneud peth yr oeddwn wedi hoffi cael'i wneud yn yr ysgol acw. Dial yr oeddwn i. Mi es yn fy mlaen, ond dyma ddau blisman mewn car yn dwad ar fy ôl i ac yn dweud wrtha i am ddwad efo nhw i orsaf y plismyn. Rhown fi mewn cell hyd drannoeth. Ces fwyd ardderchog ac mi gysgais fel twrch y noson honno. Mi fûm o flaen yr ustusiaid fore trannoeth, ac fe daflwyd yr achos allan.'

'Lwc hynny, ne mi fasa pobol y papurau newydd yn cael stori dda i'w papurau.'

'O, mi ddalia iti, eu bod nhw wedi cael stori dda fel yr oedd hi. Maen nhw fel y dyn hwnnw yn y Mabinogi yn rhoi ei glustiau ar y ddaear ac yn clywed newydd o belldremydd.'

'Ches i ddim byd fel'na, ond mi ddigwyddodd peth diddorol un noson. Mi es i siop chips, a phwy oedd yno ond criw reit dda o drampars go iawn. 'Roeddwn i'n disgwyl y basan' nhw yn glên efo mi, ond wir, dyma un ohonyn' nhw yn troi ata i ac yn dweud nad oeddwn i ddim yn un ohonyn' nhw, eu bod nhw yn drampars proffesiynol, a bod ganddyn' nhw eu hundeb eu hunain, tâl aelodaeth yn bunt y flwyddyn, a chyn y gellid ymuno 'roedd yn rhaid fod wedi treulio pum mlynedd ar y ffordd. Criw cymysg o Saeson a Chymry oeddan' nhw. 'Roedd un ohonyn' nhw yn rhegi fel cath, a 'doedd hynny ddim yn gweddu iddo fo. Mae rhegi yn gelfyddyd yr un fath â phoeri sug baco.'

'Ydi, fel y dwedaist ti, 'dydi o ddim yn gweddu i bawb. 'Fedra i ddim dychmygu am ddyn duwiol yn rhegi, na dyn merchetaidd, a mwy na hynny, 'dydi o ddim yn gweddu i rai pobol gyffredin. Mae o fel het sy'n gweddu i un ddynes ond nid yn gweddu i'r llall.'

'Mi es i allan o'r siop chips reit slei a ffieiddio'r lot ohonyn' nhw. Y nhw a'u hundeb, y snobyddion iddyn' nhw.'

'Mi ddigwyddodd un peth digri i mi,' meddai Wil, ''roeddwn i'n mynd trwy dre yng nghanol Cymru, a dyma fi'n gweld modryb i mi yn siarad efo rhyw ddynes. Mi wyddwn i'n iawn na fasa hi ddim yn fy arddel i, a felly mi es ymlaen heb gymryd arna'i gweld hi, ac mi gwelwn hi yn treio ymguddio tu ôl i'r ddynes arall. Ond wir, toc dyma rywun yn pydru dwad ar fy ôl i, a phwy oedd hi ond y hi. Dyma hi'n gwneud imi fynd adre efo hi, ac mi roth bryd iawn o fwyd imi. Y hi ddwedodd wrtha i fel yr oedd y papurau newydd yn sôn amdanan' ni, a mi ddwedais wrthi nad oedd arna i ddim eisio clywed beth oedden' nhw yn'i ddweud. 'Roeddan' nhw wedi clywed am fy ngharchariad i. Pennawd mawr yn y papur newydd.'

'Wel rŵan, beth ydan ni am wneud? Mynd ymlaen ynte troi'n ôl?'

'Mi 'rydw i wedi mwynhau llawer peth ar y daith yma. Mi fyddai'n braf iawn mynd i ben tas wair wedi diwrnod caled o gerdded a chysgu'n drwm.'

'Byddai, ond byddai'n oer iawn weithiau, a 'doeddwn i ddim am fynd i lodging tramps, rhag ofn imi gyfarfod â rhai o'm cyd-deithwyr bondigrybwyll. Peth arall, 'does dim chwain mewn tas wair.'

'Mi 'rydan ni wedi cael gwared am flwyddyn o bobol fusneslyd, pobol ddwl siaradus mewn pwyllgorau, a phlant anhydrin.'

'Mi 'rydan ni wedi treio beth bynnag, a 'marn i ydi, petaen' ni'n mynd ar y ffordd, ymhen tipyn mai gweld pobol anodd'u diodde y basan' ni yno hefyd. Fedri di ddim cael gwared o bobol.'

'Na, mae'n rhaid inni'u hwynebu nhw. A fydda' i'n meddwl weithiau mai eisio dangos ein hunain yr ydan ninnau yn y bôn. Mae pobol wedi'n mygu ni, a fedrwn ni ddim diodde bod o'r golwg. 'Rydan ni'n cymryd ein hunain ormod o ddifri o lawer.'

'Ella dy fod ti'n iawn. Yli, cyn inni gychwyn adre, golcha dy draed efo'r graean gwyn yna, er mwyn inni fod yn esmwyth am y gweddill o'r daith. Mi arhoswn ni nes iddi ddechrau tywyllu, rhag i wŷr y wasg gael gafael arnon' ni.'

Ymweliad

Mae ymweld yn waith blinedig; rhaid i chi siarad efo pobl nad oes ganddynt ddim i'w ddweud, ac mae bod yng nghwmni rhai sy'n siarad gormod yn beth blinedig hefyd. Yr oeddwn i wedi blino pan gyrhaeddais i dŷ'r ddwy chwaer, dwy hen ferch, Mati a Bet Thomas. Yr oedd y ddwy yn siarad yn ddi-stop, ond byddwn yn cael llawer o hwyl efo hwynt hefyd. Yr oedd y ddwy rywle rhwng deg a thrigain a phedwar ugain oed, ac wedi mynd yn dlawd yn eu hen ddyddiau, am fod perchennog eu tŷ wedi mynnu ei werthu, a hwythau wedi byw ynddo erioed. Gwyddwn y cawn groeso ganddynt, ac, yn wir, cyn imi ganu'r gloch, yr oedd Bet wedi agor y drws yn barod.

''Roeddwn i wedi'ch gweld chi'n pasio, Mr Edwards, ac wedi dechrau hwylio te.'

Daeth Mati i'r golwg. 'Ac yr oeddwn i wedi dweud wrth Bet. Mi hwyliwn i de, mae Mr Edwards yn siŵr o alw ar ei ffordd yn ôl.'

A dyna lle'r oedd bwrdd wedi ei osod, lliain glân yn wyn fel y gamrig, dysgl o jam a phlatiad o fara menyn. Yr oedd pob man yn lân ond yn dlodaidd yr olwg. Y garthen o flaen y tân wedi mynd yn ddigotwm ac yn denau; y muriau yn ymddangos yn ddi-liw, a sbotiau llwydni wedi mynd dan wydr y darluniau. Y pictiwr gorau yn y tŷ oedd y ddwy chwaer, yn dal ac yn osgeiddig, llygaid gwinau cynnes gan y ddwy, a gwallt gwinau, crychlyd lliw siocled. Yr oedd un peth yn sicr, nid oeddynt yn gorfod gwario arian yn y lle trin gwallt.

'Mae'n ddrwg gen i, Mr Edwards, nad oes gynnon ni ddim ond te a brechdan jam,' ebe Mati.

'Nac oes,' ebe Bet, ''rydan ni wedi diflasu ar gacennau, a thra bydda' i'n cofio, yr oeddech chi'n pregethu'n dda ddydd Sul.'

'Diolch i chi am ddweud, Miss Thomas, mae pregethwr yn cael mwy o'i gelpio nag o werthfawrogiad.'

'Oeddech wir, biti na fasai pawb yr un fath â chi.'

'Oeddech wir,' oddi wrth Mati, 'fel yr oeddwn i'n dweud wrth Bet wedi dwad adre, yr ydan ni'n lwcus iawn, ac yr oeddwn i'n dweud wrth Bet: "Biti na fasen ni'n medru ei wadd o a Mrs Edwards i swper", ond mi wyddoch sut mae pethau rŵan.'

'Gwn yn iawn, mae hi'n brinder ar bawb.' Yr oeddwn i'n mwynhau'r te, er nad oedd dim ond arlliw o fenyn ar y frechdan, ac yr oedd y jam eirin cartre yn dda. Meddyliwn efallai mai wrth fyw mor syml yr oedd croen y ddwy mor lân.

Rhoes Mati gowlaid o frwgaish ar y tân isel, yna rhoes glap mawr o lo yn ei ganol, mor dyner ac mor araf â phetai'n gosod aberth ar allor.

'Pan fydd Beti a minnau'n mynd am dro, mi fyddwn yn hel rhyw hen frwgaish fel hyn, mae o'n gwneud tân iawn o ryw lygedyn fydd odano fo.'

'Ydi,' meddai Mati, 'coelcerth iawn ac mae o'n arbed lot o lo. Mae pris hwnnw'n ddigon i ddychryn rhywun.'

Ni ddywedais i ddim, oblegid yr oedd y capel wedi rhoddi gwres canolog efo oel i mi, a theimlwn yn euog wrth gofio hynny. Yn lle mynegi hynny, gofynnais a oedd ganddynt ryw newydd.

Dyma'r ddwy yn edrych ar ei gilydd fel petai ganddynt ryw gyfrinach.

'Gawn ni ddweud?' meddai Mati gan edrych i fyw llygaid ei chwaer.

'Cawn, mi wn i na wnaiff Mr Edwards ddim dweud wrth neb.'

Cefais ysgytwad. Tybiwn am eiliad fod un o'r ddwy neu'r ddwy yn mynd i briodi.

Aeth Mati ymlaen wedi iddi oedi tipyn, fel petai heb fod yn sicr a ddylai ddweud.

'Mi'r ydach chi'n gwybod bod Bob, ein brawd, yn byw yn Sir Fôn.'

'Ydw.'

'Wel, mae wyres iddo fo'n priodi ymhen rhyw fis, ac mi'r ydan ni ein dwy wedi cael gwadd i'r briodas.'

'Ac mi ddaeth Bob yma bob cam i ofyn inni ddwad,' ebe Beti. 'A dyna ni'n dweud nad oedd gynnon ni ddim dillad. Mae naw mlynedd er pan gawson ni ddillad newydd.'

'Mi'r ydach chi'n drwsiadus bob amser,' meddwn i.

A dyma Beti yn gostwng ei llais. 'Beth wnaeth o ond tynnu ei lyfr sieciau allan, a rhoi digon o arian inni'n dwy i brynu siwt newydd bob un.'

'Chwarae teg iddo fo.'

A dyma Beti yn curo'i dwylo ac yn chwerthin fel plentyn bach.

'Mi a'i i'r llofft i'w nôl hi, i chi gael i gweld hi, Mr Edwards.'

Wedi iddi fynd, dyma Mati yn estyn stôl isel a'i rhoi wrth fy ochr i, cyn nesed ag oedd yn bosibl.

'Ydach chi'n gweld, Mr Edwards, mae'r hen dŷ yma yn llyncu pob dimai sy gynnon ni. A mae arnom ni eisiau het a blows eto. Mi wneith ein sgidiau ni'r tro; fydd neb yn sbïo ar ych traed chi. Mae'r hogan yma sy'n priodi reit glyfar wedi cael gradd y llynedd, ac mae'r darpar ŵr yn glyfar iawn, newydd gael i M.A., un o Sir Fôn ydi yntau, ac mae gynnun nhw dŷ a'i lond o ddodrefn yng Nghaerdydd yn barod i fynd iddo. A mae'i ffrog hi wedi'i gwneud o sidan tonnau'r môr gwyn, wyddoch chi y sidan caled yna a marciau dŵr ynddo fo ac mae'i godre hi wedi ei drimio efo blodau bach pinc a glas a bonet fydd ganddi am ei phen nid fêl, — i chnither hi fydd un forwyn briodas a'i chwaer o fydd y llall y ddwy yn gwisgo ffrog o sidan glas ac mi fydd gan Ceinwen y wraig ifanc, wel mi *fydd* yn wraig ifanc, esgidiau o liw aur ac mewn coets y bydd hi'n mynd i'r capel a cheffylau o ffarm ei thaid yn ei thynnu, tipyn o steil ddyliwn.'

Hyn i gyd fel trên nes oedd hi'n ewynnu poer yng nghonglau ei cheg a'r poer yn sboncio ar fy wyneb a'i wneud fel sglefr.

Ar hynny daeth Beti i lawr o'r llofft wedi rhoi'r siwt amdani, a wir mi'r oedd hi'n edrych yn dda. Siwt winau oedd hi ac yn ffitio fel blwch.

'Ydach chi yn i licio hi, Mr Edwards?'

'Ydw yn fawr iawn ac mae hi'n gweddu i chi i'r dim. Mi fydd yn anodd i neb edrych yn well yn y briodas.'

'"Dillad ydi'r dyn a'r dyn ydi'r truan,"' ebe hithau.

'Mi reda innau i roi f'un i amdanaf,' meddai Mati.

Cymerodd Beti gadair ac eistedd gyferbyn â mi.

'Fuom ni ddim mewn priodas er pan briododd tad Ceinwen, nac i ffwrdd yn unlle ac mae naw mlynedd er pan gawsom ni ddillad newydd. Mae Mati a minnau am fynd i'r dre ddydd Mercher i brynu blows a het a menig. A rŵan mae'n rhaid i ninnau feddwl am anrheg briodas iddi hi. Mae Mati a minnau yn meddwl y buasai'n well ganddi gael y tecell copr yna sydd yn y lobi na dim, a mi fydd yn hawdd ei gario yno.'

‘’Rydw i’n siŵr,’ meddwn bron ar draws yr huodledd yma.

Daeth Mati i lawr, hithau’n edrych yr un ffunud â’i chwaer.

‘’Rydach chi fel dwy efaill.’

‘Dyna mae pawb yn i ddweud.’

‘A chi fydd y ddwy smartia yn y briodas.’

Chwarddodd y ddwy.

‘Na,’ meddai Mati. ‘Sut flows fasech chi yn i brynu, Mr Edwards?’

‘’Wn i ddim am bethau fel yna, Miss Thomas.’

‘Paid â phoeni Mr Edwards, Mati. Mi wisgwn ni’r dillad yma i fynd i’r dre, wedyn mi gawn weld pa liw fydd yn gweddu orau.’

‘Call iawn,’ meddwn i a chodi i fynd. ‘’Rydan ni wedi’ch syrffedu chi efo’n lol,’ meddai Mati yn drist yr olwg. ‘Ddim o gwbl.’

‘Ac,’ ebe Beti, a theimlwn i ei bod bron â chrio, ‘ydach chi’n gweld, Mr Edwards, mae’r briodas yma yn beth mawr i ni’n dwy. ’Dydym ni ddim wedi cael trêt fel hyn ers blynyddoedd, a dyma ni yn ei gael o rŵan yn ein hen ddyddiau.’

‘Gobeithio y gwnewch chi fwynhau pob munud ohono.’

‘Dyna ydw i’n i ddweud wrth Beti. Mae Beti yn ymddwyn ac yn siarad fel petai hi’n dwyn rhywbeth.’

‘Wel, dwyn rhywbeth o dan lygad ffawd yr ydym i gyd.’

Daeth y ddwy i’m danfon at y drws, a chwifio eu hancesi poced arnaf ar ôl imi gyrraedd y llidiart.

Wrth fynd adre, ni wyddwn pa un ai chwerthin ai crio a wnawn, a meddyliwn cyn lleied a ŵyr gweinidog am ei braidd. Dyma’r ddwy hen ferch yna, wedi cael bywyd llwydaidd am ran helaeth o’u hoes, a dyma beth bach fel gwadd i briodas yn rhoi cymaint o ddedwyddwch iddynt. A finnau wedi bod mewn ugeiniau o briodasau, heb weld dim dedwyddwch ynddynt, ag eithrio yn fy mhriodas fy hun. Toc, mi fyddwn yn dweud yr hanes wrth fy ngwraig a gwyddwn beth fyddai ei hymateb hi, gresynu drostynt a chwerthin bob yn ail, ac yr wyf yn sicr y bydd arni eisiau mynd yno i gael gweld y dillad. Yr oedd y ddwy yn wahanol i bawb yn fy nghynulleidfa ac yn mynnu cael byw eu bywyd mewn dull a rôi heddwch iddynt. Nid oeddwn wedi blino dim.

Poen Wrth Garu

Llithrai Mair fel pluen i lawr y palmant heb deimlo ei thraed odani. Heno y cawsai'r gusan gyntaf erioed gan fachgen, ac nid oedd gwefr y gusan honno wedi ei gadael. Yr oedd wedi bod am dro gyda Glyn unwaith o'r blaen, a'r noson honno oedd y rhagymadrodd i hyn, y noson pan wrandawodd gyda diddordeb a thosturi ar ei chariad (erbyn hyn) yn dweud hanes ei gartref blêr, budr. Edmygai'r bachgen hwn a ymdrechai i godi uwchlaw ei deulu. Heno, nid oedd angen sôn am hynny; yr oedd wedi ei dderbyn i'w chalon a cherddai'n ddi-ofn tuag at ei chartref. Y tro cynt, yr oedd fel ci yn dychwelyd adref wedi bod ar berwyl drwg. Heno llithrai'n ysgafn ei cherddediad, fel aderyn ar ei hediad, yn wir agorodd esgyll ei breichiau allan wrth droi at y llidiart. Yna gollyngodd hwy'n stond; yr oedd ei mam ar garreg y drws yn sgowlio.

'Lle'r wyt ti wedi bod ?'

Ni fedrai ateb.

'Dywed lle'r wyt ti wedi bod?'

'Am dro.'

'Efo pwy? Mab yr hen slebog yna, Sali Slwt, ynte? Tyrd i'r tŷ.'

Nid dynes i ddadlau ar ben drws oedd Jane Huws. Troes ei chefn ar ei merch, mynd ymlaen at y tân ac eistedd ar ei chadair. Gwelai Mair ddarn o hadog wedi ei ferwi yn cadw'n gynnes ar y stôl haearn, y menyn wedi toddi a rhedeg i gyrion y darn fel ewyn ar draeth. Gwelai hyn yn glir. Prin y sylwodd fod ei thad yn eistedd a'i ben i lawr ar gadair arall. Aeth ei mam ymlaen,

'Wyt ti'n gwybod faint o boen wyt ti'n ei roi i dy fam?'

Tro Mair oedd troi ei chefn yn awr, mynd i'r lobi a cherdded i'w llofft. Cyfrifai bob grisyn fel y rhôi ei thraed arnynt, a sylwi ar bob blodyn a oedd ar ganol patrwm y carped, peth na sylwasai arno yn fanwl o'r blaen. Yn awr yr oedd wedi ei serio ar ei llygaid. Rhoes y golau ymlaen yn ei llofft a throi ei chadair i wynebu'r ffenestr. Yr oedd tywyllwch distaw, melfedaidd dros yr ardd, a'r golau o'i hystafell yn taflu llafn lwyd drosto. Ceisiai Mair dawelu curiad ei chalon drwy eistedd yn llonydd, ond di-fudd oedd hynny gan fod agwedd ei mam wedi dyfod yn hollol ddirybudd. Rhywsut ni thybiai y deuai ei mam i wybod am Glyn cyn iddi hi ei hun ddweud wrthi'n raddol. Breuddwydiasai fel y câi ddechrau trwy ganmol Glyn, crafu ei ffordd ymlaen ac ennyn tosturi ei mam trwy ddweud am amgylchiadau ei gartref a dangos ei ymdrech. Yr oedd yn siom, bron yn ddychryn iddi, weld agwedd ei mam. Gwyddai fod ei mam yn ei charu, ac oherwydd hynny tybiai'n ddiniwed y byddai ei mam yn caru'r sawl a garai hithau.

Troes ei chadair i wynebu'r ystafell. Yr oedd cariad ei rhieni wedi ei argraffu ar bob petheuyn ynddi; y gadair fechan esmwyth yr eisteddai arni. Yn lle'r gwely dwbwl a lanwai'r ystafell fechan ar un adeg yr oedd gwely i un a wnâi i'r ystafell edrych yn llawer mwy. Arno yr oedd cwrlid o'r un defnydd â'r llenni ar y ffenestr, a chwrlid mân blu o las plaen. Ar y llawr yr oedd sgwâr o garped glas heb fod yn rhy olau, ac ymyl y llawr o'i gwmpas wedi ei staenio'n lliw derw tywyll. Llenni glas a blodau bach pinc ynddynt, a'r muriau wedi eu peintio mewn lliw hufen.

Aethai'r hen jwg a basyn a oedd ar y bwrdd â'i wyneb marwor yr un ffordd â'r hen wely mawr i ystafell ocsiwn, a rhoesai hithau arno yr ychydig lyfrau y dechreuasai eu casglu. Yr oedd ganddi baent a phowdr, potel bersawr ar y bwrdd arall wedi eu trefnu'n ofalus ar wahanol gonglau'r bwrdd a'i brws a'i chrib ar y canol. Y gadair yr eisteddai arni wedi ei gorchuddio â'r un defnydd â'r llenni. Yr oedd yr ystafell yn siriol wrth olau llachar y lamp; y hi a brynasai'r lamp gref yma i oleuo'i chell a roddai gymaint o hapusrwydd iddi. Yr oedd ei thad, â'i ddwylo ei hun, wedi gwneud cwpwrdd dillad iddi. I'w rhieni yr oedd i ddiolch am yr holl foethusrwydd yma. Caeodd y drws, diffodd y golau a gorweddodd ar y gwely. Yr oedd yn dawelach erbyn hyn a medrai wynebu'r hyn a ddigwyddasai.

Yr oedd ganddi gartref braf, gwell lawer nag y medrai'r prentisiaid eraill yn adran rwymo llyfrau Gethin ymffrostio ynddo, ac nid moethusrwydd a glanweithdra oer oedd hwn; yr oedd cariad ei rhieni yn gynnes heb fod yn bla arni, a hithau hyd yma wedi ei werthfawrogi. A rŵan dyma argyfwng. Yr oedd yn caru Glyn hefyd; byddai ei garu ef yn golygu yn y diwedd efallai, ymadael â'i rhieni. Rhoes hynny eiliad o boen iddi, ond cofiodd am heno, fel yr oedd Glyn wedi rhoi cusan iddi cyn ymadael, a'r ias feddwol ddiddymol a aeth trwy ei holl gorff wrth iddo wneud hynny, yr hyn y dymunasai hi yn ddistaw trwy'r amser am iddo ei wneud.

Ar y munud hwnnw nid oedd yr aroglau sebon coch a oedd arno yn amharu dim arni. Ond wrth fod yn ymwybodol o'r aroglau hwn cofiai'r noson gyntaf pan fu allan gydag ef, pan ddywedodd wrthi hanes ei gartref, am y budreddi oherwydd diogi ei fam, yr holl blant yr esgeulusid eu dillad, fel yr oedd ei rieni yn mynd allan bob nos i chwarae bingo neu i hel tafarnau, ac fel y bu iddo yntau gymryd pethau mewn llaw, llnau'r tŷ, golchi dillad pawb a'u smwddio. Nid oedd y pethau hynny yn cyfri pan gusanodd hi, nac yn cyfri 'chwaith wrth iddi bwyso a mesur ei gymeriad; mor dda yr oedd wrth ei grefft ar y peiriant leino yn y swyddfa, mor garedig ydoedd wrth ei frodyr a'i chwiorydd bach, mor ymdrechgar ymhob dim, mor hoffus oedd ei wyneb, ac erbyn meddwl, mor fwyndrist. Yr oedd y genethod yn y swyddfa yn ei hoffi.

Yn awr yr oedd yn rhaid i'w hoffusrwydd ef ddyfod wyneb yn wyneb â dicter ei mam, budreddi ei gartref ef â glanweithdra ei chartref hi, a hithau'n caru'r ddau. Ond ni fedrai ildio i'w mam a rhoi'r gorau i Glyn. Buasai moethusrwydd ei chartref wedyn yn troi'n wacter oer, a hithau wedi ei thaflu ar ynys unig. Na, ni allai roi'r gorau iddo. Aeth rhyw deimlad llewygol drosti wrth feddwl am y fath beth. Ac eto dyna'i mam.

Clywai sŵn undonog yn dyfod o'r gegin. Cododd ac agor y drws; yr oedd y sŵn yn uchel ac nid yn undonog; yr oedd amrywiaeth llais ffraeo ynddo. Gwyddai mai yn ei chylch hi yr oedd y ffrae, nid oedd ffraeo ym myd ei chartref hi, hi oedd yr unig blentyn. Caeodd y drws, aeth i orwedd ar y gwely drachefn a chysgodd.

Yn y gegin yr oedd Jane a Bob Huws yn siarad yn bur danbaid.

'Yr oeddet ti ar fai siarad efo'r hogan fel yna.'

'Sut oedd posib imi beidio wrth i gweld hi'n canlyn rhyw giaridým fel yna.'

'Howld on, nid ciaridým ydi Glyn.'

'Beth arall ydi o?'Run peth ydi ci a'r gynffon.'

'Fedri di ddim dweud hynny yn yr achos yma. Mae'r

gynffon yn bur wahanol i'r gweddill.'

'Fedri di ddim gwahanu neb oddi wrth i deulu.'

'Mae yna ddigon o bobol yng Nghymru wedi gwneud hynny, pobol ddaeth yn bobol fawr wedi hynny. Mae ar yr hogyn eisio rhywun i edrych ar i ôl o.'

'Ond pam mae'n rhaid iddo fo ddewis Mair ni?'

'Am mai hi ydi'r union un i wneud hynny.'

'Ond fedar hi ddim cymryd siswrn â'i dorri fo oddi wrthyn nhw. Mi fydd Sali Slwt a'i theulu yn dwad yma i'r tŷ efo'i chwain a'i llau.'

Chwarddodd y tad wrth feddwl am y syniad.

'Ella tasan' nhw'n dwad, y gallsan' nhw gael gwers ar sut i newid eu bywyd a chael diwygiad!'

'Diwygiad yng nghanol yr ugeinfed ganrif! 'Dydi'r gair ddim yn bod heddiw a fedri di byth ddiwygio slebog, ugeinfed ganrif neu beidio.'

'Wel, mae yna bethau gwaeth. Well gen i rywun fel Sali na'r merched segur yna sy'n mynd i dai bwyta am un ar ddeg bob bore i yfed coffi ac i fân siarad. Faint o wahaniaeth sydd rhwng hynny â mynd i'r dafarn bob nos? Maen nhw'n cael rhywun i llnau iddyn nhw a chael mynd allan yn y bore.'

' 'Rwyt ti'n dechrau gwirioni. Faint o wahaniaeth, wir!'

'Mi allai Sali droi'i thrwyn arnat tithau wyddost, a dweud na wnâi hi ddim â thi. Nid peth i un ochor ydi snobyddiaeth.'

Tro'r fam oedd chwerthin yn awr, ond yn fwy chwerw na'i gŵr.

Aeth Bob Huws ymlaen:

'Ond os bydd Mair yn priodi Glyn mi gaiff hogyn ardderchog. Mae o'n eithriad yn i oes. Mae llawer o bobol ifanc heddiw yn dechrau ar ben yr ysgol efo hwde o arian, ac yn disgyn fesul tipyn i'r gwaelod, ond dyma iti hogyn sy'n dechrau yn y gwaelod, ac mae o'n siŵr o ddringo i'r top.'

''Dydi o ddim digon da i Mair ni.'

'Well iti beidio ag ymyrryd lle mae cariad. Mi wyddost lle y geill hynny orffen. Mae'r hogyn yn ddigon da i unrhyw un, ac yn rhy dda i'r ledis penchwiban yna sy'n crwydro'r stryd i ddangos'i crandrwydd. Mae o'n weithiwr da, yn hogyn deallus ac wedi penderfynu dwad yn i flaen. 'Dydi budreddi i deulu ddim yn mynd i'w rwystro fo nac yn mynd i lynu yn i ddillad o chwaith. Mae o wedi dechrau cymryd i gartre mewn llaw drwy llnau'r tŷ a golchi dillad pawb yno.'

'Pam na wneith o wneud i'r chwaer yna sy gynno fo wneud?'

'Dim ond deuddeg oed ydi hi.'

''Dydi hynny ddim yn rhy ifanc iddi smocio hyd y stryd a chadw reiat efo hogiau.'

'Mae hi'n dilyn siampl i theulu ac mae Glyn yn gwrthwynebu'r siampl honno ac yn troi oddi wrthi hi. Nid yn unig hynny, mae o'n hogyn ffeind. Mae o'n edrach ar ôl y plant yna gyda'r nos pan mae'i dad a'i fam o allan.'

'Mi fasa'n well iddo —'

'Na, gad imi fynd ymlaen, mi wn i mai mynd i ddweud yr wyt ti y basa'n well pe tasa fo'n peidio. Ond fasa hynny ddim yn rhwystro Twm a Sali rhag mynd allan. Mae o wedi achub bywyd y plant yna reit siŵr lawer gwaith.'

'Pwy sydd wedi dweud hyn wrthat ti?' gofynnodd y fam.

'Bob Owen sy'n gweithio ar y leino nesa ato fo, ac mi ŵyr o bedi be. 'Roedd o'n dweud bod Glyn wedi dwad i'w waith â chrys glân digon o ryfeddod amdano ryw fore

Llun, ychydig bach yn ôl. 'Roedd o wedi'i olchi fo a'i smwddio ei hun, a phawb wedi dotio ond un. Mi wnaeth Sam Elis hwyl am i ben o.'

'Do reit siŵr. Mi fasa fo, ond y creadur bach.' Dechreuodd Jane Huws grïo. Cododd ac aeth i waelod y grisiau i weiddi ar Mair. Gan na chafodd ateb, aeth i fyny i'r llofft a chael ei merch yn cysgu. Pwniodd hi'n ysgafn a dweud, mewn tosturi:

'Mair, tyd i lawr at dy swper, mi ferwa i ddarn arall o hadog iti.'

Cododd Mair a dilyn ei mam i lawr yn galonnog.

Hen Bobl yn Caru

Syrffed oedd poen fwyaf hen bobl yng Nghartref Plas Llŷr. Caent bopeth, lle glân, bwyd rhagorol, digon o gynhesrwydd a charedigrwydd. Ond yr oeddynt yn anniddig, byth yn gartrefol, eisiau mynd adref ar y rhan fwyaf ohonynt; yr oedd yn well ganddynt eu haelwydydd eu hunain, meddent, er i'r rhai hynny fod yn oer, ac er y byddai'r bwyd yn salach, ac er y byddai'n rhaid iddynt weithio.

Eithr yr oeddynt wedi taro ar gynllun a liniarai ryw gymaint ar eu syrffed yn ddiweddar, sef gofyn i Siân ddarllen stori iddynt. Yr oedd gan Siân lais dwfn a medrai ddarllen yn ddeallus. Blinder Siân oedd cael digon o storïau i'w plesio — yr oedd yn rhaid cael rhai a ddiweddai'n hapus. Tosturiai Siân wrthynt pan welai hwynt yn eistedd yn ddwy resiad gyferbyn â'i gilydd yn y parlwr fel pe baent mewn cerbyd trên, eu dwylo dros ei gilydd a heb ddim i'w ddweud, chwiliai drwy ei llyfrau am storïau pwrpasol; a heddiw yr oedd wedi cael stori a fyddai'n siŵr o'u plesio.

Dyna lle'r oeddynt yn eistedd yn ddisgwylgar, Lisi, Mari, Winni, Siwsi, Magi, Beti, Neli, Anni, Jinni, Mali, Heti, Rosi, pob un ohonynt yn gwisgo siwmper a chôt wau o liwiau golau, glas gwan, gwyrdd gwan, coch gwan a gwyn. Yr oedd ganddynt i gyd fwclis am eu gyddfau, ond ni fedrai'r rhai hynny guddio plygion henaint yn eu gyddfau. Yr oedd gan rai dlysau lliwgar yn eu clustiau a modrwyau yn disgleirio ar eu bysedd. Yr oedd rhai wedi cael cyrlio eu gwalltiau, y lleill efo rhyw gocyn bach di-sylw ar eu gwegil a chynhinion o wallt o gwmpas eu clustiau. Rhai wedi coluro eu hwynebau hefyd, Magi wedi gwneud hynny yn ddeheuig iawn ac edrychai'n ifanc. Sgerti cwta gan bob un ohonyn ag eithrio Heti. Yr oeddynt i gyd yn cario bagiau llaw a'r rheiny yn bochio gan eu llawned, fel pe bai arnynt ofn gadael dim yn eu hystafell wely. Ail drefnasant y cadeiriau yn barod erbyn y munud pan ddechreuai Siân arni. Yr oedd un ar ôl, sef Doli, ac wedi i'r adroddreg holi ym mha le yr oedd, cafodd ar ddeall ei bod yn chwarae cardiau efo'r dynion. 'Mae hi'n caru efo Bob Huws,' meddai un ohonynt. Chwerthin mawr. Meddyliai Siân wrth edrych ar ei chynulleidfa peth mor greulon fyddai rhoi rhywbeth iddynt nas hoffent. Byddai'n siom fawr iddynt. Yr oeddynt i gyd wedi gweiddi am gael stori garu, ac yr oedd hithau wedi dyfod ar draws un y byddent yn sicr o'i hoffi. A dyma'r stori a ddarllenodd Siân:

Yr oedd Alis wedi dyfod i'r cynddrws i frwsio dillad ei chwaer ymadawedig. Yr oedd yn noson braf o haf a'r haul wrth hwylio at y machlud yn taflu ei olau i'r rhan hon o'r tŷ. Er bod tri mis er pan fuasai farw Elin ei chwaer, yr oedd y galar a'r hiraeth yn dal i grynhoi ym mhwll ei chalon. Yr oedd wedi gohirio gwneud y gwaith yma o gael gwared â'r dillad, a heno yr oedd cofio am ei chwaer yn gwisgo'r dillad yma yn ychwanegu at ei phoen. Yr oedd am fynd â hwy i siop ddillad ail law yn y dref. Rhedai ei dagrau yn ddiymwybod iddi. Ar hynny, pwy a ddaeth at y drws ond ei nith, Megan, a oedd newydd ddyfod adref o'r coleg ar ei gwyliau haf. Er pan welsai hi ddiwethaf yr oedd wedi ei dyweddïo i ryw fachgen o'r coleg, ac yn meddwl priodi yn fuan. Wrth weld dagrau ei modryb, meddai hi,

'Ydach chi ddim yn dal i hiraethu ar ôl Modryb Elin, ydach chi? Rhaid i chi drio codi'ch calon.'

'Ella, ond mae'n anodd iawn gwneud a ninnau wedi byw efo'n gilydd yr holl flynyddoedd. Digon hawdd i rywun o'r tu allan siarad, fedar neb o'r tu allan fynd i mewn i brofiad rhywun mewn galar.' Ni ddywedodd Megan ddim. Ymhen sbel, dyma hi'n dweud, 'Mi 'rydach chi wedi clywed mod i wedi fy nyweddïo, Modryb Alis?'

'Do, mi glywais gan dy fam. 'Roedd hi'n fawr i ffwdan; dim ond gobeithio y byddwch chi'n hapus.'

''Rydw i'n siŵr iawn y byddwn ni, hen foi iawn ydi Bryn.' 'Gobeithio y deil o felly.'

'Pam, Modryb Alis, ydach chi'n meddwl na fydd o ddim?'

'Nac ydwi, dim ond bod pobol yn newid.'

''Dydw i ddim yn meddwl bod Bryn yn un o'r rheiny.'

'Amser a ddengys wrth gwrs.'

''Rydw i'n meddwl bod yn well imi fynd.'

'Na, 'ydach chi ddim yn mynd heb baned o de. Mi ro'i'r gorau i frwsio'r dillad yma. 'Does gen i ddim calon at wneud y gwaith p'run bynnag.'

Ni chrybwyllwyd y marw na'r dyweddïad o hynny ymlaen. Troes y sgwrs at Sam Owen, ffrind mawr Alis. 'On'd ydi o'n biti, Modryb, fod Sam yn codi helynt mewn pwyllgorau a phethau felly?'

'Mae o'n rhy hoff o ddweud y gwir plaen, peth na fedar rhai mo'i oddef.'

''Rydw i'n meddwl ei fod o'n rhy sgut am dynnu pobl yn ei ben.'

'Ella, ond mae o'n un o'r dynion mwya caredig, parod ei gymwynas bob amser, ac yn gwybod yn iawn beth i'w ddweud a'i wneud pan fydd rhywun mewn trwbwl.'

'Mi 'rydach chi'n ei 'nabod o'n well na mi, wrth gwrs. 'Rydw i'n clywed ei fod o yma reit amal. Mae pobol yn siarad wyddoch chi.'

'Ydyn', reit siŵr, rhaid i bobol gael siarad am rywbeth. A 'dydi o ddim yn dwad yma rhy amal gen i. Mae rhai pobol yn cadw draw.'

'Ydyn', o'i achos o.'

'Gorau yn y byd gen i mai felly y mae hi.'

Gwelodd Megan nad oedd waeth iddi roi'r gorau i sôn am Sam a throes y stori at y tywydd.

Wedi iddi fynd, dychwelodd Alis at y dillad. Daliai'r haul i ddisgleirio arnynt a goleuo eu lliw.

Toc, daeth Sam ei hun yno, ac yr oedd Alis yn falch o'i weld. Er gwaethaf ei dihidrwydd, yr oedd Megan wedi rhoi ysgytwad iddi.

'Brwsio dillad Elin yr ydw'i, wedi gohirio a gohirio, a 'dwn i ddim beth i'w wneud efo nhw, 'fedra i mo'u gwisgo nhw fy hun.'

'Os liciwch chi, mi a' i â nhw i'r siop ddillad ail-law yna yn y dre.'

Petrusodd Alis.

''Dwn i ddim faswn i'n licio dwad ar draws rhywun yn gwisgo dillad Elin.'

'Wel, rhaid i chi wneud rhywbeth. Mi aiff pryfed iddyn' nhw.'

'O'r gorau ynte, Sam, i'r dre â nhw.'

Yr oedd yn rhaid iddi ddechrau rhoi'r gorau i siarad yn ddagreuol am ei chwaer.

''Rydw i'n clywed bod y'ch nith Megan yn mynd i briodi.'

'Ydi, 'roedd hi yma rŵan dest yn llawn o'r peth, ac yn

ddihidio hollol o farw Elin, ei modryb.'

'Fel yna 'rydan ni i gyd. 'Rydach chi yn cnoi'ch cil ar gystudd ych chwaer, a Megan yn cnoi ei chil ar ei dyweddïad.

'A sôn am briodi, wedi dwad yma 'rydw i heno i ofyn wnewch chi fy mhriodi i.'

'Wna' i beth?'

'Fy mhriodi i.'

Eisteddodd Alis ar gadair wedi ei syfrdanu.

''Rydw i o ddifri. Dyma chi wedi bod yn crio heno ynte? 'Rydw i'n dyfalu beth ydi'ch teimladau chi. 'Rydach chi'n hiraethu ar ôl eich chwaer, a 'does gan neb hawl i weld bai arnoch chi am hynny. Mi ddylech fynd o'r tŷ yma a newid ych amgylchedd yn hollol. 'Rydach chi wedi rhoi blynyddoedd i dendio ar ych chwaer a'i cholli hi yn y diwedd. 'Wna i ddim treio codi'ch calon chi. Mi wn i y bydd yn rhaid i chi fynd trwy hwnna i'r gwaelodion ac yfed y gwaddod. 'Rydw i'n hollol hunanol, mae arna innau eisiau cysur, ac ella y caech chithau rywfaint o gysur wrth fy mhriodi fi. 'Rydan ni'n 'nabod ein gilydd yn ddigon da erbyn hyn, wedi bod yn gyfeillion am flynyddoedd maith.'

''Rydw i'n rhy gynhyrfus i fedru dweud dim rŵan,' meddai Alis. 'Ni bu dim byd pellach o'm meddwl i na phriodi. 'Rydw i wedi cyrraedd oed yr addewid, a mi'r ydach chithau yn tynnu at hynny, a'm syniad i erioed oedd bod yn rhaid sylfaenu priodas ar gariad.'

'Ac mi'r ydach chi'n meddwl na fedar dau mewn oed ddim caru?'

'Felly 'rydw i wedi meddwl erioed.'

'Edrychwch yma, 'rydw i wedi'ch gweld chi ymhob treialon ac wedi dwad i'ch caru chi. Wrth reswm 'dydi o ddim yr un fath â chariad poeth ych nith, ond mi eill cariad ffrind at ffrind fod yn beth mwy solat o lawer.'

'Fasech chi'n disgwyl imi ddwad i'ch tŷ chi i fyw?'

'Mi wnâi les i chi adael awyrgylch gystuddiol y tŷ yma.

Ella y basech chi'n licio cael ych dodrefn ych hun yno. Mi gawn innau wedyn rannu fy nodrefn i rhwng fy mhlant. A meddyliwch, mi fyddai gynnon ni ddau bensiwn, yr un faint o olau a thân ag i un, dim llawer mwy o fwyd. Ond ella y basech chi'n licio cael amser i feddwl dros y peth. Nid eisiau i chi anghofio Elin sydd arna i, ond eisiau i chi gael rhywun i roi tipyn o gysur i chi ac i'ch caru.'

' Mi 'rydw i'n meddwl mynd am ychydig ddyddiau i Landudno i orffwys a hefyd i brynu dillad newydd.'

' Call iawn. Mi rydd ddiddordeb newydd i chi, a rŵan treiwch feddwl mai eich dillad priodas fydd y dillad newydd.'

Wedi iddo fynd, gorffennodd Alis frwsio dillad ei chwaer, a gwnaeth hwy'n barseli. Wedyn eisteddodd a myfyriodd. Yr oedd wedi ei hysgwyd drwyddi. Nid oedd wedi meddwl erioed am Sam ond fel cyfaill, a dyma fo wedi dweud heddiw ei fod yn ei charu. Tybiodd erioed mai peth i bobl ieuainc oedd cariad. Ni feddyliodd ychwaith y byddai yn newid dim mwy na bod heb gwmni ei chwaer. Byddai mynd i fyw efo dyn yn newid mawr. Yr oedd yn rhaid iddi yn awr neidio o rych ei galar i gae problem ddyrys a benderfynai ei thynged. Ar un olwg yr oedd Sam wedi rhoi'r manteision materol dros briodi. Ond yr oedd ochr arall bwysicach o lawer, a fyddai hi'n hapus efo Sam? A fedrai hi oddef y newid? Buasai Sam yn mynd adref oddi yno lawer gwaith o'r blaen, ac ni feddyliai ddim mwy amdano. Ond dyn gwahanol a aethai oddi yno heno, dyn wedi gofyn iddi ei briodi ac wedi dweud ei fod yn ei charu. Dyma brofiad nas cawsai erioed o'r blaen. Rhedai ei meddyliau groes ymgroes. Daeth un munud o genfigen cas iddi tuag at Megan oedd yn ifanc ac yn mynd i briodi, fe gâi hithau wybod y medrai hen bobl garu hefyd. Cytunai â phob dim a ddywedasai Sam ynghylch byw yn rhatach, ond nid hynny a fyddai'n gwneud iddi benderfynu. Teimlai un munud y byddai i Sam gymryd lle Elin yn ei bywyd yn beth atgas iddi, ond yr oedd yn rhaid iddi fodloni cymryd rhywun ati i fyw. O bawb a adwaenai, Sam a adwaenai orau, ond yr hyn oedd wedi ei chynhyrfu i waelod ei bod oedd i Sam ddweud ei fod yn ei charu; a deffro ynddi ryw deimlad o ymateb yr un ffordd. Yr oedd Elin wedi ei charu, ond peth gwahanol oedd hynny. Gwelai bob math o anawsterau. Digon posibl na châi ei ffordd ei hun bob amser, peth a gawsai wedi i'w chwaer fynd yn sâl, ond o'r ochr arall byddai ganddi gwmni, peth angenrheidiol yn y gaeaf.

Aeth i'w gwely, ond nid i gysgu. Bore trannoeth ail ddechreuodd ddadlau gyda hi ei hun, ond cymerodd y ddadl dro newydd. Gwyddai erbyn hyn na fedrai fyw heb Sam, ac felly byddai'n dweud wrtho y byddai'n fodlon i'w briodi. Wedi penderfynu, cafodd ryddhad mawr.

Wedi i Siân orffen, cafodd gymeradwyaeth gan tua hanner y merched yn unig.

'Stori dda iawn,' meddai un. 'Hapus iawn,' meddai un arall.

'Ych,' meddai Heti, 'hen bobl yn caru, mae'r peth yn ddigon i godi cyfog ar rywun.'

'Ydi,' meddai Magi, 'caru a'u cnawd wedi dechrau pydru.'

‘’Does yna ddim sôn am gnawd yn y stori,’ meddai Neli, ‘mae cyfeillgarwch yn well sylfaen o lawer na chariad i briodas.’

‘Rhyngddyn nhw a’u potes,’ ebe Jinni, ‘y peth diddorol fyddai clywed sut yr oedden nhw yn teimlo at ei gilydd ymhen pum mlynedd.’

Ac fel yna y buont yn dadlau. Teimlai Siân yn siomedig iawn ac fe ddywedodd hynny wrthynt, gan ychwanegu na wnâi byth ddarllen stori iddynt wedyn.

‘O–O–O!’ oddi wrth bawb.

A meddai Heti, ‘Gobeithio y gwnewch chi ddarllen stori inni eto. Er nad oeddem yn cytuno, ’roedd hi’n stori ddiddorol iawn.’ ‘Oedd,’ meddai pawb.

Yn Ôl Eto

'Rwyf yn weinidog ers chwarter canrif, ac ni chefais achos i ymweld tebyg i hwn erioed o'r blaen. Dyna Wil Rogers a Sam Huws, athrawon ifanc yn yr Ysgol Ramadeg, wedi bod yn athrawon am flwyddyn, wedi cymryd blwyddyn i ffwrdd o'r ysgol i fynd i drampio trwy Gymru yr un fath â chrwydriaid cyffredin, am eu bod yn methu cyd-fyw â phobol. Maent yn ôl eto, a chlywais achlust nad yw pethau'n rhy dda yn yr ysgol. Mi ddaru Wil roi cweir i fachgen ysgol, un o griw mewn rhyw ysgol ramadeg rhwng yma a'r De, am fod y lot ohonyn nhw wedi gweiddi ar ei ôl a defnyddio'r iaith futraf posibl. Cafodd fynd i'r carchar dros nos cyn mynd o flaen yr ustusiaid drannoeth. Taflwyd yr achos allan.

Clywaf fod llawer o'r athrawon eraill yn eu trin yn greulon, yr un fath â phetai Wil wedi cael ei gosbi trwy ei yrru i garchar. Mae'n gas genni fynd i'w gweld, rhag ofn fy mod yn rhoi fy mys mewn brywes nad yw'n perthyn i mi. 'Rwyf rŵan ers awr yn ceisio penderfynu beth i'w wneud. Tair gwaith yr wyf wedi tynnu fy nghôt a'i rhoi'n ôl dair gwaith. Ond daeth Jane, fy ngwraig, i'r adwy, a dweud y byddent yn hoffi fy ngweld hyd yn oed petasai dim sôn am y peth. A dyma fi o'r diwedd yn barod i gychwyn. Mewn fflat y maen' nhw'n byw.

Cefais wên hawddgar gan Sam (Sam a Wil mae pawb yn eu galw) pan agorodd y drws.

'Wel, dyma beth rhyfedd,' meddai. ''Roedd Wil a fi wedi meddwl galw acw heno.'

Yr oedd yr ystafell yn dwt iawn ac yn gysurus. Mae'n siŵr eu bod yn talu trwy eu trwynau am y fflat. 'Roedd Wil yn smocio'n synfyfyrgar wrth y tân.

'Noswaith dda, Mr Edwards. 'Rydan ni'n falch o'ch gweld chi. 'Rydan ni mewn tipyn o helbul.'

'Felly y clywais i.'

'O, mae'r stori wedi mynd allan felly.'

'Do, os medrwch chi gredu pob dim a glywch chi.'

'Ia, mae stori fel pelen eira yn mynd yn fwy wrth rowlio.'

'Beth yn union glywsoch chi?' oddi wrth Sam.

'Clywed bod llawer o'r athrawon yn eich trin chi yn o ddrwg.'

'Mae hynna'n wir, ond gadewch inni sôn am y teithio.'

Tybiais nad oedd arnynt eisiau sôn am y peth yr oedd pawb yn sôn amdano.

'Mi gawsom ni dipyn o hwyl, cofiwch,' ebe Sam.' Gweld pob math o bobol, mae'n werth mynd oddi cartre weithiau i weld yr amrywiaeth yma.'

''Dydi hynny ddim ond yr un fath â'r hyn a welwch chi wrth aros gartre,' meddwn i. 'Mi synnech yr amrywiaeth sydd yn fy eglwys i, amrywiaeth efallai nad oes neb arall yn ei weld. Mi fedrwn ych syfrdanu petawn i'n dweud rhai o gyfrinachau pobl barchus.'

''Doedden ni ddim yn cael cyfrinachau pobl,' ebe Wil, 'er mi synnech y pethau a welsom. Clywed yr oeddech chi, gweld oedden ni. Mi fedren ni ddweud beth oedd cymeriad ambell un.'

'Medren,' meddai Sam. 'Er enghraifft, galw wrth ddrws gwraig ifanc. Yr oedd gwên groesawgar dros i holl wyneb. Dyma hi'n rhoi deg ceiniog i mi ac yn dweud bod i gŵr i ffwrdd ac y byddai yno ei hun y noson honno. Mi redais innau i ffwrdd rhag cael fy nhemtio ragor.'

Pan ddywedai Sam hyn, cerddai ar hyd yr ystafell â'i ddwylo yn ei boced. Ac ar hynny, dyma rywun yn cnocio to y fflat oddi tanodd.

'Dyna chi,' meddai. ''Chewch chi ddim llonydd yn ych tŷ eich hun.'

Nid oeddwn am ddweud y pethau a welais i, rhag ofn y byddai'r ddau yn ceisio dyfalu. Yr oeddwn wedi cael ysgytwad yr wythnos cynt mewn ysbyty, dynes bump a phedwar ugain oed, yn dweud wrthyf y buasai'n gwella ar ei hunion, petai hi'n cael dyn yn y gwely efo hi. Bu bron imi â chael gwasgfa. Dim ond wrth Jane y soniais am y peth, ac mae hi fel y banc.

Ond dyma Sam yn mynd ymlaen,

'Mi alwais i wrth ddrws hen wraig a wnaeth imi fynd i'r tŷ. 'Roedd o'n bictiwr o lanweithdra.'

''Does genni ddim arian,' meddai hi, 'ond mi gewch damaid o fwyd.' Cyn pen dim 'roeddwn i'n bwyta platiad o gig a thomatos, brechdan a the. Gwelwn ei bod reit hen, yn ddeuddeg a phedwar ugain, meddai hi. Dywedodd, 'Mae hi dipyn yn brysur arnaf ar ddydd Llun. Golchi efo fy llaw, dda genni mo'r hen beiriannau yna, a mynd i nôl pensiwn ffrind i mi, yr hen greadures, mae hi'n wyth a phedwar ugain oed. Wedyn ddydd Mawrth, mi fyddaf yn mynd i godi fy mhensiwn fy hun.'

'Faint o ffordd sydd gynnoch i'r post?' meddwn i.

'Rhyw filltir.'

'Pam na chodwch chi'r ddau bensiwn ddydd Mawrth?' meddwn i, 'mi fasai'n arbed cerdded i chi.'

''Dydi cerdded yn poeni dim arna i,' meddai.

'Meddyliwch, yn ddeuddeg a phedwar ugain. Wrth ganu'n iach, edrychodd yn dosturiol arna i, a dweud,

‘’rydach chi’n blentyn i rywun.’

‘Mi ddois i ar draws hen ddyn cas,’ ebe Sam. ‘Mi tafododd fi ac edliw imi y dylwn fod yn gweithio. Bu agos imi ddweud wrtho fo mai o achos pobol fel y fo yr oeddwn i’n cardota.’

‘Mi ddois i ar draws un peth digalon,’ ebe Wil. ‘Canu’r gloch wrth ddrws rhyw dŷ cyn ffeindio bod y llenni i lawr i gyd. Dyma hogyn bach tua saith oed i’r drws. Cynta y gwelais hi, gwyddwn fod rhywbeth mawr wedi digwydd. ’Roedd ôl crïo mawr arni.’

‘Canu’r gloch mewn camgymeriad wnes i,’ a throi i ffwrdd.

‘Hitiwch befo,’ meddai hi tan roi ceiniog i mi. ‘’Nhad sydd wedi marw, wedi cael i ladd yn y chwarel, mae o mewn bocs yn y parlwr.’

‘Ni fedrwn ddweud dim, a bûm yn poeni am imi wneud y fath gamgymeriad. ’Roedd y wlad yn hardd, ac yr oedd yn brofiad dymunol ar noson o haf, gweld defaid a gwartheg yn pori’n hapus a hamddenol ar ochrau’r dyffryn ar noson dawel. Ond gwnâi fi’n ddigalon wrth feddwl y byddai’r rhain yn cael eu lladd ryw ddiwrnod i besgi rhai fel fi. Cawsom ddigon o’n tarfu a digon o garedigrwydd. Un ddynes yn gofyn i mi a wyddai fy mam fy mod allan. Un arall yn edliw imi fod hogyn cry fel fi yn cardota.’

Codais i gychwyn i ffwrdd a meddwl na chawn wybod yr hyn oedd arnaf eisiau ei wybod.

‘Eisteddwch,’ meddai Wil, ‘mae yna bethau wedi digwydd er pan ddaethom yn ôl. Mae’r rhan fwyaf o’r athrawon yn ein brifo yn bwrpasol. Maent yn ymddwyn fel petaswn i wedi cael fy anfon i’r carchar fel cosb. Mae un (’wna i mo’i enwi fo) yn dweud hynny yn fy wyneb ac yn diarhebu fy mod i wedi rhoi cweir i fachgen ysgol. Mae o'n defnyddio gordd atom ni. Ond mae'n well genni hynny na ffordd un arall sy'n wên deg ac yn gwneud rhyw ensyniadau. Defnyddio miniawyd a'i wthio'n bell y mae o. Ar y papurau a'r plismyn y mae'r bai am hyn i gyd. 'Doedd yr hyn wnes i ddim gwerth sylw. Mae o'n digwydd bob dydd. Sôn am hel straeon, mae'r papurau'n waeth na dim dwy wraig, yn sgut am ryw newydd boed o'n wir neu gelwydd. Petaswn i wedi ymosod ar ddynes mi fasai rhyw reswm yn ymddygiad y lot ohonyn nhw.'

Aeth Wil ymlaen. 'Ac mi'r yden ni yn cael degau o lythyrau dienw.'

''Rydw inna hefyd,' meddwn i, ond ni ddywedais fod rhai ohonyn yn sôn amdanyn nhw, eisiau diarddel Wil o'r eglwys.

'Mae'r rhai sy'n sgwennu llythyrau dienw yn cyrraedd gwaelodion taeogrwydd.'

'Ond y maen' nhw yn ych brifo chi ar y pryd,' meddai Sam, 'ac yn gwneud i chi amau pawb.'

''Dydi hi ddim yn anodd nabod teipiadur ambell un,' ebe Wil, 'a dyna sy'n annifyr, mi ellwch amau rhywun diniwed.'

'Bedi'ch barn chi, Mr Edwards?' ebe Wil, 'am y gweir rois i i'r hogyn yna. 'Rydach chi'n heddychwr. Ydach chi'n credu na ddylswn i ddim fod wedi gwneud y peth wnes i?'

'Mi allaf ych dallt chi'n iawn. Mae rhai heddychwyr yn credu na ddylid hyd yn oed guro plentyn. Ond 'dawn i ddim cyn belled â hynny. 'Roedd hi'n demtasiwn fawr i chi dan yr amgylchiadau.'

'Gwylltio wnes i, ond y peth sy'n ofnadwy ydi, fod yr athrawon sy'n ein brifo ni yn curo plant yn yr ysgol acw yn gorfforol.'

'Beth mae'r pen yn i ddweud?'

'Mae o'n iawn. Croesawodd ni'n ôl yn gynnes, a dweud bod colled ar ein hôl. Mae o'n ddyn caredig, rhy garedig, ac mae rhai o'r athrawon yn manteisio ar hynny, yn dwad i'r ysgol yn hwyr, a mynd i'w dosbarthiadau yn hwyr. Plisman efo gwn ddylai fod yn ben ar ysgol y dyddiau yma. Mae acw un athrawes fach dda, yn gweithio'n gydwybodol, ac mae gynni gow ar y plant. Mi roth hi groeso iawn inni a dweud mor chwith oedd yr ysgol hebom. Mae digon o wenwyn iddi gan yr athrawon eraill. Mae ei phlant yn cael canlyniadau da yn yr arholiadau. Am y merched eraill, maen nhw'n ein pasio heb edrych arnom.'

Yr oeddwn yn mwynhau'r sgwrs ac yn cael cipolwg ar fywyd ysgol na wyddwn ddim amdano o'r blaen. Mae'n beth rhyfedd ein bod yn ein mwynhau ein hunain ar dreialon pobl eraill — ein tosturi yn troi yn fwyniant. Yr wyf wedi gweld digon o bobl mewn tŷ galar yn medru chwerthin. Credaf fod y pethau uchaf ar ein meddwl yn rhoi tro ac yn mynd i lawr i'r gwaelod. Dyna ddysgodd y Dr John Gwilym Jones yn ei *Goeden Eirin* i mi.

'Y peth mawr rŵan,' ebe Wil, 'ydi beth yden ni am ei wneud a chael ych barn chi, mi allwn ymddiried y gyfrinach i chi. Dyna pan yr oedd arnom eisiau eich gweld. Wedi meddwl agor siop lyfrau Cymraeg yr oedden ni, mae yna siop wag ar y sgwâr, ond 'does gynnon ni ddim arian, ac mi allai'r peth fynd yn fethiant. Gadael yr ysgol wrth reswm.'

Petrusais dipyn, achos fedrwch chi ddim cynghori pobl eraill yn hawdd iawn. Meddwn i, wedi cysidro tipyn, 'Ydach chi ddim yn meddwl mai dyna fasai yn plesio ych gelynion yn yr ysgol?'

'Dyna ddwedais i wrth Sam.'

'Mi fasent yn falch o weld ych cefnau chi.'

A dyma rywbeth yn dwad imi, 'dwn i yn y byd o ba le.

'Beth tasech chi yn dal i ddysgu, troi clust fyddar at bawb, ac agor siop lyfrau (mi fyddech yn siŵr o gael benthyg arian), gwerthu llyfrau gyda'r nos a dyddiau Sadwrn am dipyn. Mi gaech weld sut y buasai'r busnes yn llwyddo, a wedyn gadael yr ysgol.'

Croesawodd y ddau y cynllun yn galonnog, ond euthum i adref yn llawn tosturi.

Yr Apêl

YSBYTY TRELAFAR

Hydref 20, 194 –

F'Annwyl Wyres, –

Diolch yn fawr i chwi am eich llythyr heddiw yn ymholi ynghylch fy iechyd. Yn rhyfedd iawn, yr oedd yn fy mryd ysgrifennu atoch heddiw ar fater go bethma. Yr wyf yn yr ysbyty yma yrŵan ers tair wythnos, ac yn ôl fy nhyb fy hun nid wyf yn gwella llawer, er bod y meddyg yn dweud yn wahanol. Pa'r un bynnag am hynny, fe ddaeth rhyw newid rhyfedd dros fy meddwl. Er pan wyf yn gorwedd yma, bûm yn meddwl llawer ar fy mywyd ar ei hyd, ac am yr hyn sy'n weddill ohono, yr hyn nad yw lawer, mae arnaf ofn. Byddai fy mam yn arfer sôn am bobl yn cael eu gwasgu i gongl, felly y siaradai yn ei chystudd olaf. Meddyliais lawer am ei geiriau er pan wyf rhwng pyst y gwely yma, petai ganddo byst hefyd. Y gwaethaf ydyw, pan mae dyn mewn congl, na fedr feddwl am ddim ond y gongl. Teimlaf dipyn yn well heddiw, ond nid yn ddigon da i fedru ysgrifennu llawer. Felly rhaid imi dorri fy stori'n fyr a dwad at fy neges. Yr wyf wedi penderfynu rhoi'r rhan fwyaf o'm dodrefn i chwi, gan eich bod, o'r diwedd, wedi cael tŷ, ar ôl aros am gŷd o flynyddoedd amdano. Efallai y cadwaf bethau i mi fy hun a rhoi ychydig bethau i rai eraill o'm perthnasau, ond mae'r cyfangorff i chwi, a chredaf y bydd yn ddigon i chwi ddodrefnu eich tŷ yn llawn. Gobeithiaf y derbyniwch hwynt.

Gyda chofion cynnes,

eich NAIN

YSBYTY TRELAFAR

Hydref 25, 194 –

F'Annwyl Wyres, –

Diolch yn fawr i chwi am eich llythyr fore heddiw. Yr wyf yn falch eich bod 'ar ôl petruso' yn cytuno i gymryd rhai o'r dodrefn, beth bynnag. Ond rhaid i chwi eu cymryd i gyd, hynny ydyw, os yw'r pethau sy gennyf fi yn dderbyniol gennych. Efallai y tybiwch eu bod yn rhy hen ffasiwn, er nad wyf yn meddwl hynny, yn ôl tôn eich llythyr. Y maent yn solat, ac yn ôl tystiolaeth llawer o bobl, yn hardd yn eu dull eu hunain. Dywedwch yn eich llythyr fy mod yn garedig yn eu rhoi, ond y munud yma, teimlaf fel pe bawn i fy hun yn eu gwthio arnoch. Awgrymwch fy mod yn rhoi rhai ohonynt i'ch mam. Adwaen eich mam yn rhy dda o lawer. Mi fuasai hi yn eu cymryd rhag i neb arall eu cael, drwg gennyf ddweud hynny am fy merch fy hun, ond dyna'r gwir. Mi fuasai yn eu stwffio i bob cornel o'r tŷ, ac yn gwneud ei thŷ fel amgueddfa, yn hytrach na gadael i neb arall eu cael. Ac ni roddai'r dodrefn unrhyw bleser iddi hi ei hunan, dim ond y pleser a gaiff lot o bobl ganol oed wrth grafangio pob dim iddynt eu hunain, fel petai bywyd yn mynd i bara byth. Mae pobl o'i math hi fel plant, 'mae gen i rywbeth nad oes gynnoch chi mono fo — hew,' mi wyddoch amdanynt.

Teimlaf yn well o lawer y dyddiau dwaethaf yma, ond nid wyf wedi newid dim ar fy meddwl ynglŷn â rhannu'r dodrefn. Hyd yn oed os af adref, bydd ychydig bach, tipyn at fy iws, yn ddigon i mi. Mae hyn yn braw i mi fy mod i wedi colli pob diddordeb ynddynt, a bod fy awydd am eu rhoi yn un cywir. Ond er fy mod i'n well o ran fy iechyd, mae fy meddwl i'n reit od. 'Rwyf fel rhyw ddol rwber, a dŵr yn dyfod allan drwy dwll yn ei phen wedi i rywun ei gwasgu. Mae rhyw bethau rhyfedd wedi eu gwasgu allan o'm pen innau yn y salwch yma. 'Rwyf wedi bod yn sâl o'r blaen, llawn cyn nesed i farw, ond ni theimlais erioed fel hyn. Bûm yn edrych yn ôl dros fy oes faith, nid dyma'r tro cyntaf imi, ond dyma'r tro cyntaf imi weld ei feithder wedi ei grebachu'n ddim, fel y gwelsoch chi gyrnhonyn wedi digwydd cael ei ferwi yn crebachu'n ddim. Fel arall y byddai hi efo mi, edrych yn ôl dros fy mywyd a'i weld fel map mawr a'r daith yn mynd igam-ogam drosto, a minnau'n gweld y digwyddiadau mawr i gyd, a llawer o'r rhai bychain hefyd, a gweld rhyw fath o batrwm ynddo. Ond yrwan, yr wyf yn ei weld i gyd fel petai ar gledr fy llaw, a phob dim yn ddi-drefn arni. 'Dwn i ddim pam chwaith yr wyf yn dweud y pethau yma wrthych chi sy'n ifanc ac yn dechrau byw yn eich tŷ eich hun.

Ond mi hoffwn i ddweud wrthych am fwynhau pob munud o'ch bywyd *rŵan*, a pheidio ag edrych ymlaen i'r dyfodol, ond byw fel petaech yn troi pob tamaid o fwyd deirgwaith yn eich ceg cyn ei lyncu, a phenderfynu, wedi i chi fynd rhyw ddeng mlynedd yn hŷn beidio ag edrych yn ôl i dreio cael blas y tamaid hwnnw mewn atgof. Dyna'r peth gwirionaf a wna neb yw edrych yn ôl. Cyngor reit wirion, meddwch chwi, i rywun ifanc heb fawr o bethau'r byd yma ganddi, ac y sydd yn edrych ymlaen at amser gwell. Ddim mor wirion, hyd yn oed yn yr amgylchiadau hynny. Achos beth wyddoch chi a gewch chi'r amgylchiadau gwell hynny ai peidio? Ac mae rhywbeth o hyd y gall dyn ei fwynhau mewn bywyd. Cofiaf yr amser pan nad oedd gennyf finnau ddim, ac am wn i nad oeddwn cyn hapused bob tipyn y pryd hwnnw. Yr oedd eich taid a minnau'n ifanc, yn iach, ac yn medru cysgu a mwynhau ein bwyd. Yr oedd cwmni'r naill y llall gennym ac ymddiriedaeth cyd-rhyngom, peth sy'n swnio reit ramantus efallai i bobl wedi pasio eu hieuenctid, ond peth y mae pobl ifanc yn ei fwynhau ar y pryd, dim gwahaniaeth os gwelant wedyn mai peth rhamantus ydyw. Soniwn y munud yma am beidio ag edrych ymlaen i'r dyfodol. Efallai fy mod yn gofyn yr amhosibl yn y fan yna, ac mai rhan o fwyniant y presennol yw edrych ymlaen i'r dyfodol. Ond y mae'n anodd i *mi* sôn am hynny heddiw, pan mae ddoe, heddiw ac yfory wedi mynd yn un, ie, ac yn un clwt bychan o rywbeth na fedraf ei alw'n amser, gan nad yw amser yn bod ond fel doe, heddiw ac yfory yn ein cyfrif ni. Ymddengys i mi heddiw fod y clwt yma yn un ddigon llwyd ac wedi ei wasgu rhwng dau glwt eang di-derfyn, na fedraf eu galw'n ddim ond yn dragwyddoldeb. Yr ydym wedi mynd yn rhy ffasiynol i ddefnyddio enw'r tir yr oedd Williams Pantycelyn yn hollol gartrefol ynddo.

Mi'ch clywaf yn dweud, 'Wel, mae Nain wedi mynd i ryw dir rhyfedd iawn. Nid fel yna y byddai hi'n siarad ers talwm wrth roi cŵyr melyn i'r dodrefn, a gweld diwrnod yn rhy fyr i wneud ei holl waith, a threfnu'r haf ar gyfer y gaeaf, a'r gaeaf ar gyfer yr haf.' Teimlaf yn berffaith gall, yn gallach nag y bûm erioed. Gweld fy hun wedi bod yn wirion yn y gorffennol yr wyf, yn rhoi fy holl sylw i'r tŷ a'i bethau, a chysur y rhai a oedd yn byw yn y tŷ wrth gwrs.

Ond yr wyf yn crwydro. Sôn yr oeddwn am i chi gael pleser yn eich ieuenctid, a gobeithiaf y rhydd y dodrefn yma bleser i chi yn eich tŷ newydd. Mi gefais i lawer o bleser wrth eu hel fesul tipyn, a medrwn ddweud hanes prynu pob dodrefnyn wrthych. Ond wyddoch chi, yr hyn sy'n rhyfedd heddiw ydyw, er fy mod i'n *cofio'r* pleser hwnnw, ni fedraf ei ail-fyw. Ychydig flynyddoedd yn ôl medrwn ail-fyw'r profiad a'i deimlo. A ydyw'n wir, dwedwch, fod hen bobl yn mynd yn galed a dideimlad? Mae'n well gennyf fi hynny hefyd na rhyw siarad meddal dagreuol sydd gan rai pobl wrth sôn am y gorffennol. Yr wyf yn cofio prynu'r cwpwrdd gwydr teirdor yma, sydd ymhlith y pethau a ddaw i chi. Mae'n debyg mai llyfrau a rowch chi ynddo ac nid llestri. Dodrefn cartref a fyddai ers talwm, a chan y gwneuthurwr y prynem hwy. Pan aeth eich taid a minnau i brynu'r cwpwrdd, bwriadem brynu un bychan efo dwy ddôr, ond dyma'r saer yn dangos hwn inni, un mawr teirdor wedi ei wneud o dderw gwyn, a phaneli mahogani ar y drysau. Dyma fo'n dweud y caem fargen ynddo, bod rhyw stiward chwarel wedi ei ordro, wedi newid ei feddwl a mynnu cael peth a oedd yn ffasiwn newydd y pryd hynny, Cheffonier, a wir, mi gawsom y cwpwrdd am £8 yn lle £10. Nid anghofiaf fyth fy llawenydd o gael bargen a chael cwpwrdd hardd yr un pryd. Yr oedd gennym gloc mahogani wyth niwrnod, ac yr oedd paneli'r cwpwrdd i'r dim at y cloc. Yr oeddem wedi talu gormod yn ein meddwl ni am y cloc, ond rhywsut, fe gaem yr un llawenydd o hynny ag o'r fargen, am fod talu'n ddrud wedi rhoi rhyw falchder ynom, a gwneud inni feddwl ein bod wedi prynu rhywbeth a weddai i bobl well eu byd na ni. Ac fel yr âi amser ymlaen, a ninnau'n gweld y cloc yn un da, fe gaem fwy a mwy o lawenydd.

Nid wyf yn siŵr beth sy'n rhoi llawenydd i bobl wrth brynu dodrefn, pa un ai harddwch y pethau eu hunain yn ateb i ryw ddelfryd o harddwch ym meddwl y perchennog, ai'r bodlonrwydd eu bod yn rhoi pleser i rywun arall a gerwch ac yn harddu'r cartref. Gwn fod rhai yn hoffi i'w dodrefn fod yn destun edmygedd eu ffrindiau ac eraill yn hoffi eu gweld yn destun cenfigen eu gelynion. Adwaenwn un ddynes a brynai bethau newydd i ddim ond i dynnu dŵr o ddannedd ei chymydog. Credaf y gallaf ddweud yn onest mai hoffi'r dodrefn eu hunain y byddwn i, eu gweld yn ddel, a chael mwy o bleser, os byddai eich taid yn eu gweld felly.

Ond 'tae waeth, mi ddaw y dodrefn i chwi a'r profiadau ynghlwm wrthynt. Ni chewch chwi'r pleser hwnnw a gefais i, o'u prynu fesul un heb fedru eu llawn fforddio, teimlo mai fy newisiad i oeddynt, a bod y dewisiad y munud y gwnaed ef yn troi'r pethau yn hen eiddo, fel petaent yn eich meddiant erioed. Ond gan fod pethau fel y maent heddiw, yn brin, yn ddrud, ac yn sâl, gwn y cewch bleser o fath arall, os iawn yr adwaen chwi, y pleser o gael rhywbeth i'ch helpu i wneud y cartref y buoch yn dyheu cymaint amdano, er nad y math yma o bethau a ddewisech. A gwn y golyga'r ffaith eu bod yn dyfod i lawr oddi wrth eich teulu yn y gorffennol rywbeth i chwi. Mae yma gist a hen gwpwrdd yn perthyn i'm rhieni innau yn eu mysg.

Ni hoffwn i byth weld ocsiwn ar fy mhethau wedi imi farw. Dyna un o'r pethau creulonaf y gwn amdano. Meddyliwch am dŷ ar ddiwrnod ocsiwn, pawb yn cerdded drwyddo fel dros ffordd bost, pob anwar a philistiaid yn sbachio eich pethau, heb feddwl ac heb gofio dim am y perchennog marw. A'r llygad a fu'n edrych arnynt wedi cau, y dwylo a fu yn eu caboli yn berffaith lonydd, y galon y rhoesant gymaint pleser iddi wedi gorffen teimlo. Wel, dim ods, meddwch chi, gan na ŵyr y marw ddim oddi wrth y creulondeb. Na ŵyr efallai, ond mae'r peth yn bod ac yn digwydd, ac os yw'n bod, mae'n rhan o ryw feddwl, ac felly'n boen. Mae'r marw'n ddiwybod, ac mae rhyw ddiniweidrwydd diymadferth yn y diwybod. Mewn ocsiwn mae philistiaid difeddwl yn manteisio ar y diniweidrwydd hwn. Ond i beth y siaradaf? Bûm i fy hun yn euog o'r creulondeb yma. Manteisiais lawer gwaith fy hun ar ddiniweidrwydd y marw, a chael pleser hunanol wrth gael bargen mewn ocsiwn, heb falio dim wrth weled eiddo cysurlon i rywun yn mynd i bobl na wyddent ac na hidient am y profiadau a lynai wrth y dodrefn. Bûm yn meddwl llawer yn ddiweddar am y bobl yna ar gyfandir Ewrop sy'n dianc o'u gwlad a gorfod gadael pob dim ar eu hôl. Mae tu hwnt i mi sut y gallant wneud hynny.

Drannoeth

Ni feiddiais bostio'r llythyr yma neithiwr, ac wrth ei ail-ddarllen heddiw, teimlais yn ddigalon ryfeddol. Fe wasgwyd rhywbeth arall allan o'r ddoli rwber heddiw. Fe welais pam y mae arnaf eisiau rhoi'r dodrefn i chwi, ofn sydd y tu ôl i'r cyfan, ofn i'm dodrefn fyned allan o'r teulu, ofn yr ocsiwn a'i hangof ohonof, ofn i'm pethau fyned i rywun arall, ac felly yr wyf am eu cadw i mi fy hun wrth eu rhoi i chi.

A gwelais mai hen ddynes wael ydwyf. Ond, o ddau ddrwg, efallai mai dyma'r drwg lleiaf. Fel yna y gwelais i hi ar hyd bywyd, dewis rhwng dau ddrwg o hyd.

Pob hwyl i chi,

a chofion cynnes,

EICH HEN NAIN.

Yfory ac Yfory

Disgleiriai'r lleuad drwy ffenestr yr ystafell wely a rhoddi patrwm ei chwareli ar y llawr ac ar y cwrlid. Tu mewn i ffrâm un chwarel ar y gwely yr oedd wyneb Nanw Prisiart gyda'i drwyn crwbi a'i ên bigfain bron â'i gyfarfod. Yr oedd cnawd yr wyneb megis y croen y tu allan i siwed. Curasai gwyntoedd agos i ganrif arno.

Y tu allan yn y gwynder, canai ceiliog o ardd gerllaw, a'i nodyn yn taro'r noson glir mor galed â bwled o wn. Poenai'r lleuad a'r ceiliog Nanw Prisiart, a'r boen yn ei stumog fwy na hynny. Yr oedd yn sicr ei bod yn mynd i farw, a'r un mor sicr mai achos y boen oedd y tatws newydd a'r llaeth enwyn ffres a fwytasai cyn dyfod i'w gwely. Ond ni allai wneud dim ond gorwedd yn llonydd a meddwl. Ni fedrai godi i guro'r wal ar Lias, y drws nesaf, ei nai. Nid oedd arni eisiau marw, ni fedrodd erioed ddygymod ag Angau, er iddi weld claddu pawb o'i theulu o'i blaen. Tra oedd tatws newydd a llaeth enwyn a stumog iddynt, yr oedd blas ar fyw.

Ceisiai feddwl, ond dim ond rhyw feddyliau byr fel goleuadau bach mewn twnnel a ddeuai, a diffoddai'r rhai hynny cyn iddi eu gweled bron. Ond yr oedd un yn aros yn hwy na'r lleill, Lias a'r tatws newydd.

Yr oedd o wedi dwad â'r tatws newydd a'r llaeth enwyn ffres yn syth o'r corddwr iddi y noson gynt, ac wedi dweud rhywbeth, wedi ei rhybuddio nad oedd i fod i'w bwyta y noson honno, neu wedi ei siarsio i'w bwyta, ni allai gofio pa'r un. Yr oedd wedi dweud wrthi am wneud neu am beidio. Pa'r un bynnag, eu bwyta a wnaethai. A dyma'r canlyniad.

Yna daeth goleuni bach arall o dywyllwch ei meddwl, wrth gwrs, heb amheuaeth, wedi dweud wrthi am eu bwyta yr oedd ei nai, gallai weld yrŵan, er mwyn iddi hi farw, ac er mwyn iddo fo gael y canpunt a adawsai iddo yn ei hewyllys. Gresyn iddi erioed ddweud wrtho am yr arian ac mai fo a oedd i'w cael. Mewn ebwch fyrbwyll y dywedodd wrtho am ei hewyllys, gan ddisgwyl y stopiai ogrwn cymaint o'i chwmpas. Medrai ddallt rhywun yn gogrwn ac yn ysgwyd ei gynffon wrth ddisgwyl cael, heb wybod ei fod yn mynd i gael. Ond dyma fo, wedi cael y sicrwydd ac yn dwad i mewn ac allan efo'i 'Gymwch chi rwbath eto, modryb?' o hyd. Yn gwingo fel rhidyll gynthron o'i chwmpas. 'Doedd dim posib tynnu ŵy poeth o'r tân heb i Lias roi ei drwyn i mewn yn y tŷ.

A rŵan dyma fo wedi dweud wrthi heb os nac oni bai am fwyta'r tatws newydd a'r llaeth enwyn ffres, er mwyn iddi fynd reit siŵr. Os felly, 'roedd o cystal llofrudd â neb a rôth dwca yng nghorff rhywun. Pwy fuasai'n meddwl am Lias a'i lygaid bach yn gwenu drwy'i sbectol ddeunaw fel rhyw blentyn amddifad ar y plwy'?

'Rhoswch chi, faint oedd oed Lias hefyd? Rhywle rhwng deg ar hugain a hanner cant. Mi fuasai Meri, ei fam, dros ei chant. Na, wir, 'roedd o wedi dweud ei fod wedi cyrraedd oed yr addewid ar ei ben blwydd diwethaf, pryd bynnag oedd hynny. Ond yr un wyneb a oedd ganddo o hyd, wyneb plentyn, ond mi 'roedd ei gefn yn gam. Wrth iddo olchi llawr iddi y gwelodd hynny. I beth yr oedd eisiau golchi llawr, Lias yn unig a wyddai. Ond yr oedd o'n stwmp ar ei stumog bob awr o'r dydd, un ai ar ei liniau'n golchi'r llawr ac un asgell ledr ddi-fotwm ei fresus at i fyny fel mochyn unglust, neu yn golchi llestri fel rhyw hen Feri Jên, a 'Be ga' i 'neud i chi eto, modryb?' a'r cwbl er mwyn canpunt.

O, bobol! y boen yn ei stumog! Mi fuasai'n well gweld wyneb Lias na'i gefn y munud yma hefyd, petai hi'n cael dim ond llymaid o ddŵr.

A dyna'r ceiliog yna eto, yn canu yn y nos. Rhywun yn mynd i farw. Ond yr oedd rhywun yn marw o hyd, a phetai goel ar geiliog, ni châi'r un ceiliog gau ei amrant byth. Biti bod Lias mor rhagrithiol hefyd; yr oedd o reit gymwynasgar. Yn well na'i blant na phlant ei blant. Pa un ai adnod o'r Beibl oedd honna ai rhywbeth a oedd yn wir heddiw?

Na, hen lanc oedd Lias; plentyn Meri ei chwaer. Plentyn John ei brawd oedd Ann, tua'r un oed â Lias, ac nid oedd hi'n dwad ar ei chyfyl byth, am fod Lias wedi dweud wrthi am y wyllys. A mi 'roedd yna un arall wedyn, merch i Ann, Olwen, un ganol oed, a merch i honno wedyn a rhyw enw od arni, enw na fedrai byth ei ddweud, rhywbeth fel 'burum' — bur, ber, ie, Beryl, hogan go lew o ifanc, a mi 'roedd gan honno fabi. O, am bobol a oedd yn y byd, a'r rheiny'n perthyn i gyd iddi hi.

A dyma hi'n cofio Beryl, yr hen jadan! Efallai mai hi a oedd wedi dwad â'r tatws a'r llaeth enwyn. Ni synnai damaid. Yr oedd y Beryl yma'n ôl a blaen yn y tŷ o hyd a'i thirsiau fel tirsiau mul, yn enwedig os byddai hwyl go dda ar ei hen, hen fodryb, a golwg byw arni. Yr oedd Lias yn edrych fel bwch wedi'i goethi bob tro y deuai'r Beryl yma a rhoi coets bach y babi yn y cynddrws. Byddai'n edrych ar ôl yr olwynion ar y llawr glân. Yr oedd hi'n hoffi Lias pan guchiai ar Beryl.

O, oedd, yr oedd hithau'n clywed ambell beth, a

chlywsai'r hen hogan yma, mam y babi, yn dweud unwaith fod yn hwyr i'r 'hen ddynas yma' farw a mynd oddi ar y ffordd, na 'roedd hi wedi dweud rhywbeth arall, ie, dyna fo, 'fod yn hwyr i'r blydi hen ddynas yma fynd oddi ar y ffordd, er mwyn i rywun ifanc gael ei thŷ, yn lle bod pobl ifanc yn magu eu plant ar draws tai pobl eraill.' Sut oedd yn bosibl iddi hi, Nanw Prisiart, a fagwyd â'i phen ar lin Victoria, wybod beth oedd 'blydi'? Mi wyddai beth oedd dynes a blyd ynddi, a gwyddai beth oedd blydjar. Pobl heb ofn dim arnynt oedd y rheiny, pobl a threial ynddynt. A mi 'roedd Lias wedi ei hateb yn iawn, 'Rŵan, paid ti ag iwsio gair fel yna o flaen modryb er nad ydi hi ddim yn clywed (ond 'roedd hi wedi clywed y ddau), a mae ar modryb fwy o eisiau tŷ na chdi. Fedri di mo'i thaflu hi i'r wyrcws, a phwy sy'n mynd i edrych ar i hôl hi?' Ffalsio'r oedd o a meddwl am yr arian. Ond, am dro, 'roedd i ffalster o'n beth clên.

Pam na fuasai gŵr Beryl yn codi tŷ iddi ar y mynydd, fel y gwnâi pobl ers talwm, caban un-nos, ond 'doedd neb yn fodlon ar dŷ felly rŵan. Yr oedd yn rhaid cael bathrwm, mwyn dyn, er mwyn i ferched a dynion weld eu cyrff noeth, yr hen bethau powld iddyn nhw! A mi 'roedd ar yr hen hogan yma ofn agor ei bodis i ddangos ei bron i fflamau'r tân hyd yn oed. 'Roedd yn well ganddi fwydo'r babi efo hen fwyd tun o botel. A mi 'roedd hi'n byrticlar iawn efo'r amser. Yr oedd yn rhaid i'r babi gael ei fwyd i'r eiliad, neu mi fuasai'r byd ar ben a'r bobl ar ddarfod.

Fflach eto o'r twnnel a'r boen dipyn gwell. Huw, ei gŵr, wedi marw ers ugeiniau o flynyddoedd, ac ni fedrai gofio ei wyneb, dim ond un peth, fel y codai un ael yn uwch na'r llall wrth siarad, fel bach wrth gadwyn crochan, ac wedi byw efo fo am yr holl flynyddoedd, ni chofiai faint, ond yr oedd yn hir iawn. Ond yr oedd yn cofio penderfynu dechrau hel y canpunt, ac yr oedd yn falch — rhywbeth wedi ei hel a'i gadw, heb ei golli na'i anghofio, fel chwarae marblis ers talwm. Nid y hi, ond y plant: John, Meri, Margiad, Guto a — a — lot fawr arall, yn hel llond warpaig o farblis bob tymor, ac yn eu cuddio at y tymor wedyn ar ôl tynnu'r llinyn crychu yn dynn. Rêl cybyddion. Ac yn cadw'r sglent hefyd am ei bod yn un dda am sgrialu'r marblis i bob man ar y trawiad cyntaf.

Yr oedd ganddi hithau ganpunt mewn warpaig; naci, yn y banc, y lle mawr hwnnw yn y dre' efo'r dynion clên, calon-galed. Warpaig Meri yn y cwpwrdd. Yr oedd Huw ei gŵr wedi dweud wrthi pan ddechreuodd eu hel mai eu hel i rywun arall eu sbondio yr oedd, ac efallai i ddamnio ei enaid. Ond yr oedd blas ar hel fel ar fwyd, ac nid oedd Lias yn debyg o ddamnio ei enaid. Hen enaid bach tila, ciabidî a oedd ganddo, ac ni buasai'r diafol yn cynnig ceiniog amdano.

O, dyma'r boen eto, a Lias ddi-enaid a oedd wedi dweud wrthi am yfed y llaeth enwyn ffres. A'r ceiliog yna. Ceiliog dandi ar y glaw oedd Lias. Biti na ddôi o ar ganiad y ceiliog, rhag iddo fo gael dweud mai hi a oedd wedi ei godi fo o'i wely. Mi 'roedd Beryl yn codi fel y wats bob pedair awr at y babi. Ond nid babi oedd hi, Nanw Prisiart, ond dynes yn ei man a'i synnwyr a chanpunt ganddi yng nghwpwrdd y dyn clên yn y dre'.

A dyma oleuni mwy o'r twnnel. I beth oedd y canpunt yn da iddi? 'Doedd arni hi ddim eisiau chwarae marblis na phrynu het newydd byth eto. 'Roedd hi wedi prynu lot o hetiau dipyn bach yn ôl, am fod pob un yn gwneud iddi edrych yn hen. A dim ond sefyll ar ben drws ynddynt a wnâi. Un duwiol, ond digon ail ei le oedd Huw. A 'roedd o wedi dweud pan oedd hi'n hogan ifanc, ei bod hi mor ddel, petai ei gwisgo mewn croen rholiod mai del fyddai hi wedyn. Y peth gorau fyddai rhoi'r canpunt i Lias wrth reswm, rhag ofn iddo dreio ei mwrdro eto, ac er mwyn iddi hi gael llonydd ganddo fo. Yr oedd am fynd i'r banc yfory a chodi'r canpunt a'u rhoi i Lias. Na, mi gâi hi roi croes a Lias fynd. Gobeithio y câi weld yfory. O'r boen!

Yr oedd yn rhaid cnocio'r wal ar Lias. Lle 'roedd y ffon? Dyma hi, ac O, fendigedig, dyma welliant wrth droi ar ei hochr a chnocio. Diolch byth, yr oedd yn well eto. Ond mi fyddai Lias yma mewn dau funud efo'i 'Be' sy, modryb bach?' ac yn siarad a siarad fel cyfri' llyfrithen. Ond waeth befo, fe gâi weld yfory, a mynd i lawr i'r gilan, naci i'r gegin bach, gan ei mam yr oedd cilan, a chael tatws newydd a llaeth enwyn eto, ac yr oedd yn werth dioddef rhagrith Lias er mwyn hynny.

Mis Medi

Canai Poli wrth olchi carreg y drws. Yr oedd mor hapus — Bil wedi awgrymu tro i'r mynydd ar ôl cinio. Rhedai'r cadach llawr mor llithrig o dan ei dwylo. Hongiai edafedd y gwawn oddi wrth y goeden uwch ben y drws. Arhosai'r lleithder yn hir ar y garreg. Yr oedd yr haul hyd yma yn wyn ac yn ddwl tu ôl i'r niwl. Bore ym mis Medi os bu un erioed, a Bil yn golchi'r car yn hamddenol o flaen y drws.

'Ydi'r plant yna wedi codi bellach?'

'Maen nhw yn dwad i lawr 'rŵan. Mi fydd brecwast yn barod ymhen eiliad.'

Ni ddywedai Glyn ac Olwen ddim ar frecwast, arwydd bod ganddynt rywbeth anhyfryd i'w ofyn, a thoc daeth allan fel bollt. Yr oedd arnynt eisiau benthyg y car i fynd i chwarae tennis i Landudno, ac yna i noson lawen ym Mae Colwyn. Dywedodd eu tad wrthynt ar ei ben na chaent mono. Yr oedd ar y fam ac yntau eisiau ei gael i fynd i gael tipyn o lonyddwch ar ben y mynydd.

Perodd iddynt ofyn am gael eu cario gan rai o'u ffrindiau, eu bod hwy yn cario eu ffrindiau yn ddigon aml. Dywedodd Olwen yn bur surbwch y caent eu cario ond eu bod wedi meddwl cael eu car hwy a bod yn annibynnol, cael dod adre bryd y mynnent ag ati.

Rhoes Poli ochenaid a disgynnodd ei chalon. Yr oedd y newydd yma fel pry du wedi disgyn i lefrith. Byddai'n nam ar y tro i'r mynydd er iddi wybod y câi'r plant eu cario. Yr oedd hi wedi meddwl cael pleser mor ddilychwin ar ôl gwaith caled mis Awst, mis yr oedd wedi hen ddiflasu arno. Pobl ddiarth ym mhobman yn llenwi'r strydoedd a'r siopau, yn baglu rhywun ar y palmentydd. Ei phlant yn dyfod â'u ffrindiau i aros i'w thŷ heb ofyn. Golchi llestri a golchi dillad gwlâu tragwyddol, heblaw treio siarad yn gall efo pobl nad oedd hi yn eu nabod. Yr oedd gwrthod y car wedi sbwylio'r diwrnod iddi.

'Paid â phoeni, gad iddyn' nhw wneud i trefniadau'i hunain. Mae'n siŵr fod gan rywun le gwag yn ei gar, a pham raid inni aberthu bob tro?'

Ond arhosai'r nam yno i Poli. Gwnaeth ginio oer a Bil yn ei helpu ac yn ei hannog i beidio â phoeni.

'Ella y basa'n well inni roi swper i ni ein hunain; 'rwyt ti fel buwch a'i phen wrth aerwy drwy'r dyddiau. Rhaid iti gael llonydd rywdro.'

Cliriodd y niwl; daeth yr haul allan fel pêl dân. Ar y daith yr oedd styciau ŷd melyn fel byddin hyd y caeau a dail y coed yn dechrau melynu, lliwiau pendant yr haf wedi mynd, a lliwiau dwl felyn yr hydref ar eu ffordd. Wedi stopio ar lôn y mynydd gwelsant gar a llwyth o bobl yn y gilfach aros, wedi tynnu holl gynnwys eu pantri allan i wneud bwyd.

'Dyma hi eto,' meddai Poli, wrth ollwng Smwt y ci allan o'r car, 'fedri di ddim dengid rhag pobol hyd yn oed ar fynydd unig. Pryd mae'r bobol ddiarth yma am fynd adre i'w cratsh i hunain?'

'Ia, pobol ddiarth. Wyt ti'n cofio mai byddigions oeddan ni'n galw'r Saeson yma, pan oeddan ni'n blant?'

'Ia, mi'r ydan ni wedi tyfu oddi wrth y taeogrwydd yna beth bynnag, hyd yn oed os na thyfwn ni oddi wrth yr hil.'

Yr oeddynt yn cerdded yn araf, bron yn gloff, tros y grug, ac erbyn hyn wedi mynd o olwg pawb.

Ymestynnai'r wlad o'u blaenau fel llyn llwyd diddiwedd, y defaid a'r tai yn y pellter fel smotiau gwynion. Ar y gorwel gorweddai mynyddoedd Arfon yn finiog fain, mor wahanol i lyfnder maswedd Dyffryn Clwyd.

Erbyn hyn yr oedd Poli wedi anghofio am y plant ac yn yfed awyr a oedd fel gwawch ar ei thafod. Daethant at garreg ac eistedd gyda'u cefnau arni gan hanner gorffwys arni.

'O, mae hi'n braf.'

'Mae hi'n nefoedd yng nghanol y grug yma.'

'Wyt ti'n cofio englyn Eifion Wyn i'r grug? Mi gododd helynt mawr hanner can mlynedd yn ôl.'

'Pam?'

'Am nad oedd dim berf yn'o fo.' Chwarddodd hithau.

'Rhaid imi ddeud mai englyn go wantan ydi o, ond wrth iti sbïo ar y grug yma rŵan — mae "liaws tawel" yn i ddisgrifio fo i'r dim.'

'Wel, ydi, mae'r disgrifiadau yn iawn am wn i, ond 'does yna ddim bywyd yn'o fo, mae'n well gen i englyn Pedrog.'

"I'r grug dewr y graig a dâl,
Noeth weriniaeth yr anial."

Mae yna fywyd yn hwnna.'

''Dydw i'n hitio fawr am "Croeso Medi fis fy serch" chwaith.'

'Yr oedd gan Williams Parry feddwl mawr ohono fo.'

Meddai Poli, 'Fyddi di'n meddwl weithiau am y bobl fuo'n cerdded tros y mynydd yma. Mi fydd yn rhoi ias i mi wrth feddwl fy mod i'n cerdded dros ôl troed Twm o'r Nant a Gwilym Hiraethog, Huw Jones o Langwm,

T Gwynn Jones a'r beirdd yna.'

'A Thudur Aled, a Henry Rees. A mae'n siŵr mai fforma yr oedd William Salesbury yn mynd i Lanelwy, a Thudur Aled i Gaer.'

'Ac mi'r ydan ni wedi cerdded dros ôl traed Golyddan lawer gwaith, un o'r meddygon mwya galluog fuo yng Nghymru erioed, os nad ym Mhrydain, a fynta'r creadur yn chwilio am le i'w fedd, yn ddim ond dwy ar hugain oed. Mae pobl wedi'i ganmol o fel bardd, ond meddyg galluog oedd y dyn. Mae gynnon ni yng Nghymru ddawn i ganmol y pethau anghywir.'

'A sbïa ar yr hen blas acw yn fan 'cw yn prysur fynd â'i ben iddo: mae'i rhialtwch nhwtha wedi gorffen a'r petris yn cael llonydd.'

'A mae esgyrn hen ddafad ungorn Gwilym Hiraethog yma yn rhywle mor noeth ag ysgerbwd dafad T H Parry-Williams.'

'Ond ydan ni'n wirion yn poeni am bethau dibwys fel plant hunanol, pan mae pethau mawr wedi mynd?' meddai Bil.

Yr oedd yntau'i hunan yn poeni'r munud nesaf am iddo ddwyn ar gof iddi yr hyn a ddigwyddasai'r bore. Nid oedd dianc oddi wrth bobol ddiarth na phryder nac oddi wrth y meirw, ond yr oedd y meirw yn aros yn hwy na'r bobl ddiarth. Yr oedd y bywyd a fu yn fwy byw iddynt ar y munud. Yr oedd Thomas Jones o Ddinbych yn fyw iawn iddynt ar y Suliau.

Tynnodd Poli eu bwyd allan o'r fasged, ac yr oedd gwell blas o lawer ar y te o'r fflasg a'r brechdanau tomatos nag ar frecwast y bore, a Smwt yn ysgwyd ei gynffon a chardota tameidiau.

Wedi gorffen bwyta, cerddasant drwy'r grug, a

hwnnw'n crensian dan eu traed. Daeth awel o rywle oedd yn bersawr siarp i'r ffroenau. Codasant eu pennau i'w dderbyn. A Smwt wrth ei fodd yn rhedeg ôl a blaen. Dechreuodd y niwl gau amdanynt.

''Rydw i wedi ordro swper yn y To Gwellt,' meddai Bil.

Yr oedd yn dda gan Poli gael peidio â hwylio swper. Cawsant gyw iâr a salad a thatws wedi eu ffrïo yn y tŷ-bwyta, a hufen rhew a ffrwythau.

'Dyna ddiwedd i bnawn bendigedig,' meddai Poli.

Wedi mynd adre newidiodd ei meddwl a hwylio swper i'r plant. Yr oedd y nam wedi clirio'n llwyr oddi ar ei meddwl.

Wrth gau ei llygaid y noson honno, gwelai eto'r grug yn 'lliaws tawel' yn ymestyn draw i'r gorwel.

Un Funud Fach

Cododd Enid ei phwrs at y lamp oedd ar y pared a cheisio gweld ei waelod. Yr oedd eisoes wedi crafu pedwar a chwech allan ohono, a chwiliai am ychwaneg er mwyn talu am y pryd bwyd yr oedd yn mynd i'w gael yn y munud gyda'i ffrind Morfudd. Clywai sŵn traed yn dyfod at y bwrdd. Ni stopiodd chwilio, gan feddwl mai Morfudd oedd yno. Yn lle hynny clywai lais dyn.

'Wedi cyrraedd y gwaelod, ia?'

Cochodd pan welodd mai Ifor oedd yno, dyn a adwaenai pan oedd yn y coleg, ac nas gwelsai lawer ar ôl hynny. 'Beth ddaeth â chi i'r fan yma?'

'Y chi.'

''Rydw i'n disgwyl Morfudd, fy ffrind, yma i gael te efo mi,' meddai hi yn ffrwcslyd.

'Ddaw hi ddim; 'rydw i wedi bod yno yn dweud wrthi am beidio â dwad.'

Cododd Enid ei haeliau mewn cwestiwn.

'Sut y gwyddech chi i bod hi'n mynd i ddwad?'

'Mae'r adar yn cario stori yn eu pigau weithiau, 'run fath â deryn Branwen, a 'rydw i wedi dwad yma i weld ydyw'r stori'n wir.'

Edrychai Enid yn hurt ar y dyn yma nas gwelsai ers blynyddoedd ac na chlywsai ddim amdano hyd ryw ddwy flynedd yn ôl pan glywodd ei fod wedi colli ei wraig.

'Ydach chi wedi ordro te?'

'Naddo.'

'Mi gymerwn ni de plaen ac mi awn ni i hotel yn

Nhrefafon i gael cinio iawn.'

Ei theimlad cyntaf oedd gwrthod, rhag ofn i Ned glywed, ond ni ddywedodd ddim; yr oedd fel petai o dan gyfaredd gormeswr.

''Rydw i wedi clywed bod Ned yn ffrindiau efo rhyw ddynes arall. Ydi o'n wir?' 'Ydi.'

'Ers faint?'

'Ers tua thair blynedd.'

Yr oedd arni eisiau gwrthwynebu. Un peth oedd bod pawb yn y dre yn gwybod hynny, a'i bod hithau yn ei dderbyn fel ffaith yn ei bywyd erbyn hyn; peth arall hollol oedd fod dyn gweddol ddieithr yn tynnu ei thu mewn allan.

''Rydw i wedi dwad yma i holi eich hanes chi. Gobeithio nad oes gynnoch chi ddim gwrthwynebiad.'

'Y — y— nac oes.'

Daeth rhyw sbonc iddi. Byddai'n dipyn o newid cael ei dweud wrth rywun diarth, a hwnnw'n ddyn. Yr oedd y stori wedi ei throi tu chwyneb allan ugeiniau o weithiau rhyngddi hi a Morfudd erbyn hyn. Cafodd amser i gysidro pan oedd y ferch a weinyddai yn rhoddi'r te ar y bwrdd.

'Athrawes ydy hi, yntê?'

'Ia, yn yr un ysgol.'

'Gweld i gilydd bob dydd felly.'

'Ia, a llawer amlach yn i fflat hi.'

'Sut y gwyddoch chi?'

'Wel, mae yna adar yn cario pethau felly hefyd.'

'A 'dydach chi'n gwneud dim?'

'Mi gawson ni gymaint o ffrae pan ffeindiais i beth oedd yn mynd ymlaen, fel y bûm i'n sâl am ddyddiau, ac mi benderfynais na fedrwn i ddim dal dim byd felly wedyn.'

'Ac mi 'rydach chi'n byw fel yna yn yr un tŷ ers tair

blynedd?'

''Rydan ni ar ryw fath o delerau siarad.'

'Siarad gwŷr bonheddig?'

'Ia, os liciwch chi ei alw felly.'

'Ac mi 'rydach chi'n medru dal bywyd fel yna?'

''Rydw i'n gorfod er mwyn y plant. Ond mi 'rydw i'n teimlo ambell dro ein bod ni fel dau dop yn cael ein chwipio, ac yn chwyrlïo ar dir sych diffaith, heb byth daro yn ein gilydd, a rhyw law anweladwy yn dal y chwip.'

''Rydach chi'n edrach fel rhyw ferthyr proffesiynol. Dowch, mi awn ni, ac mi gewch fynd i wneud ych gwallt wedi inni gyrraedd Trefafon, yn lle i fod o'n gynhinion am ych clustiau chi.'

'Ond 'dydw i ddim wedi dweud 'mod i'n dwad i gael cinio efo chi.'

'Mi 'rydach chi yn dwad. Ofn i Ned gael gwybod sydd arnoch chi'n te?' 'Ia.'

'Mi wnâi les iddo fo petai o'n dwad i wybod.'

Teimlai Enid yn fwy hyderus wrth i'r car lithro ar ei daith. Yr oedd hi ei hun yn hedeg trwy'r awyr, a damia Ned a'i gariad. Talodd Ifor am drin ei gwallt.

Ni roes hi ei het am ei phen. Cawsant westy tawel heb fod yn rhy fawr, a mynd i eistedd wrth fwrdd mewn cornel dywyll fel darn o eglwys, ac un golau yn disgleirio ar y bwrdd o'r wal. Teimlai Enid yn hapus glyd wedi dyfod i mewn o'r oerni i ystafell gynnes yn llawn o aroglau ysgafn cinio, a thaflodd heibio bob meddwl am Ned. Yr oedd y cawl yn glaerwyn ac yn glws efo'r persli wedi ei sgleintio drosto. Yr oedd yn boeth hyfryd, wedi ei ffitio i'r dim â phupur a halen. Cawsant gyw iâr brau, y stwffin yn flasus, a'r saws bara *yn* saws a nid yn bwti. Y treiffl heb fod yn grintachlyd efo gwin na hufen ffarm; y coffi yn boeth ac yn well na'r cyffredin. Ni rwystrodd hi Ifor rhag ail-lenwi ei gwydr efo'r gwin *Sauterne*. Yr oedd ei wawch yn hyfryd i'r llwnc ac yn ei gosi. Am y tro cyntaf edrychodd i wyneb Ifor, ei lygaid yn dangos edmygedd erbyn hyn.

''Rydach chi'n edrach ddeng mlynedd yn fengach wedi cael trin ych gwallt. Mi fedrech ddenu unrhyw ddyn.'

''Does arna i ddim eisio denu dynion.'

'Be sy o'i le yn hynny? Mi fedrwch ddenu dynion nes byddwch chi'n bedwar ugain.'

'Mi fedrwch fod yn ddeniadol ella.'

'Bedi'r gwahaniaeth? Codwch eich calon; 'dydy dynes wyth a deugain oed ddim wedi colli diddordeb mewn dynion.'

'Ond mae rhywun yn tueddu i wneud dynion i gyd yr un fath â'i gilydd.'

'Pawb yr un fath â Ned?'

'Ia.'

'Wel, diolch i'r mawredd, 'dydyn nhw ddim. Faint ydy oed i gariad o?'

'Rhywle o ddeg ar hugain i bymtheg ar hugain.' 'Oed peryg.'

'Mae pob oed yn beryg yn ôl beth ddwedsoch chi gynnau.' 'Ydi hi'n hardd?'

'Ydi yn i chorff, ac mae hi'n gwisgo'n dda. Mae hi'n cael digon o gyflog i wneud hynny ac i gael trin i gwallt yn amal. Ond 'does dim byd yn ddeniadol yn i gwyneb hi na'i sgwrs hi.'

'Gwenwyn.'

'Naci, yn bendant. Gofynnwch i Morfudd ne ewch i gweld hi.'

'A rhedeg Ned!'

Ac meddai ef yn fwy difrifol:

'Wyddoch chi, 'roeddwn i wedi gwirioni amdanoch chi yn y coleg, ond 'roedd Ned o'ch cwmpas chi bob amser, 'doedd dim siawns i neb arall gael i big i mewn, a rŵan dyma hi wedi dwad i hyn.'

'Wel, mae syniadau a theimladau pobol yn newid mewn chwarter canrif.'

'Ella, a maen' nhw'n newid fwya yn y rhai mwya tanbaid a mwya meddiannol.'

'Ga i ofyn cwestiwn i chi am dro? Oeddech chi'n hapus yn ych priodas?'

'Yn berffaith hapus.'

'Dyna fo. Ella na fasech chi ddim efo mi.'

''Dydy pob hapusrwydd ddim yr un fath.'

Edrychodd hi'n ymchwilgar arno, ond ni chafodd ateb yn ei wyneb nac mewn geiriau.

'Lle mae'r plant gynnoch chi?'

'Mae Emlyn wedi gorffen yn y coleg, yn athro yn Llundain, a chanddo gar a chariad. Mae Megan yn y coleg ar i hail flwyddyn. 'Rydw i'n filan iawn wrthi heddiw. 'Roedd hi wedi gyrru ata'i i ofyn am arian i brynu ffrog newydd i fynd i ddawns cyn i'r coleg gau dros y 'Dolig, ac y mae gynni dair yn barod. Dyna pam 'roeddwn i yn gorfod crafu gwaelod fy mhwrs gynnau. O, mi'r ydw i'n siarad gormod — effaith y gwin reit siŵr.'

'Chwarae teg i'r gwin am wneud i chi agor y fflodiart. Eisio gwybod ych hanes chi sy arna i.'

'Pam?'

'Mi rôth boen i mi ar ôl clywed sut yr oedd Ned yn ych trin chi. Ydy'r plant yn ffeind wrthoch chi?'

'Wyddoch chi sut y mae plant heddiw; yn ddigon serchog ar yr wyneb, yn ych gŵydd chi, ac yn ych anghofio chi wedyn. Ond mi ddweda' i gimint â hyn, maen' nhw wedi bod o help adeg y gwyliau, yn dwad â'u ffrindiau i'r tŷ, a hynny yn cuddio'r tyndra a'r chwithigrwydd rhwng Ned a minnau tros dro beth bynnag. Pawb yn siarad dros bennau'i gilydd, yn lle efo'i gilydd.'

'Ydach chi'n cael digon o arian gynno fo?'

'O, 'dydy o ddim yn grintachlyd, ond mae o'n gwestiwn gin i a ŵyr o faint mae cadw Megan yn y coleg yn i gostio. 'Dydy Emlyn ddim wedi meddwl talu dim yn ôl. Cofiwch, mi 'rydw i'n medru ennill tipyn o arian weithiau drwy fynd i'r ysgol i ddysgu plant pan fydd un o'r athrawon yn sâl neu rywbeth felly. Ar gorn hynny, mi fedrais fynd am wyliau i'r Eidal unwaith efo Morfudd.'

'Mae Morfudd yn gysur i chi.'

'Mae hi fel y dur. 'Dwn i ddim beth faswn i wedi i wneud hebddi hi y blynyddoedd dwaetha yma. 'Rydan ni'n cyfarfod bob dydd Sadwrn yn y tŷ bwyta bach yna i gael te efo'n gilydd. Dyna'r un peth mewn wythnos yr ydw i yn edrach ymlaen ato fo. Mae ffrind fel yna fel aur.'

'Fuoch chi 'rioed yn meddwl am gadw ci?'

'Do, ond mi wrthwynebodd Ned.'

'Mae cŵn yn gysur mawr, ond yn torri calon rhywun pan maen' nhw'n marw. Fydda' ddim gwell inni symud?'

'Ella, er mor gas ydi hynny. 'Rydw i wedi mwynhau fy hun.'

Nid oedd arni eisiau symud. Yr oedd ei thu mewn yn gynnes, ei hwyneb yn boeth, ac yr oedd arial i'w chalon.

Wedi mynd hanner y ffordd, troes Ifor y car i gilfach aros. Wedi stopio, meddai:

''Dydw i ddim wedi gorffen sgwrsio. Mae pobol sy'n byw ar i pennau'u hunain, fel yr ydw i, yn siarad mwy na neb yng nghwmpeini rhywun arall, yn enwedig pan mae o'n sgwrsio efo rhywun sy'n medru siarad.'

''Rydach chi'n dweud y gwir. 'Rydw i wedi cael rhyw ollyngdod heno.'

''Rydw i wedi bod yn od o haerllug efo chi heno, ac yn ddidrugaredd,' meddai ef yn dyner.

''Roedd yn well gin i hynny na'ch bod chi'n tosturio wrtha i.'

'Mae'n dda gin i'ch clywed chi'n dweud hynny. 'Rydach chi wedi dangos ych metel. Wnewch chi 'nghredu i pan ddweda i wrthoch chi mai eisio'ch deffro chi o'ch cysgadrwydd oedd arna i. 'Roeddwn i'n methu dallt pam na fasech chi'n gwrthryfela a cheisio dwad yn rhydd.'

'Meddwl am y plant yr oeddwn i.'

'Mi all rhywun feddwl gormod am y rheiny hefyd, er bod fy mhlentyn i wedi bod yn ddigon diolchgar. Mae o'n ennill erbyn hyn.'

'Ond ella'i bod hi'n well methu fel yna na fel arall. Mae rhywun wedi rhoi siawns iddyn nhw wneud rhywbeth o'u bywyd os cymeran' nhw'r siawns.'

'Ia, os —.'

Aeth y ddau yn fud. Ymddangosai fel pe na bai gan yr un o'r ddau ddim rhagor i'w ddweud. Yn y distawrwydd dyma fo'n rhoi ei fraich amdani. Yr oedd hi eto'n ôl yn ugain oed a braich ei chariad cyntaf amdani. Ond ni pharhaodd y wefr ddim ond un funud. Yn ddiarwybod iddi hi ei hun, rhoes ei phen ar ei ysgwydd. Rhoes yntau ei ên ar ei phen. Teimlad arall a ddaeth i Enid yn awr; teimlo bod rhywun yn dymuno rhoi cysur iddi, eisiau gofalu amdani a bod yn garedig tuag ati. Meddai Ifor:

'Enid, ydach chi'n cofio stori Tsiecoff, *Y Wraig a'r Ci*?'

'Mae gin i frith go amdani.'

'Y gŵr priod hwnnw fyddai'n mynd ar i wyliau ha' bob blwyddyn heb i wraig, yn taro ar ryw ddynes, ac yn fflyrtio efo hi, ond yn i hanghofio ar ôl mynd adre.'

'Ia, ac un tro yn taro ar ddynes wahanol, dynes yn mynd allan am dro bob dydd efo ci bach, dynes na allodd ef mo'i hanghofio ar ôl mynd adre na byth wedyn.'

'Ia, a gŵr prennaidd gynni hi.'

'A'r ddau gariad yn llwyddo i gael sgwrs ar y slei yn y theatr yn y seibiant rhwng yr actau, ac yn gorfod bodloni ar gyfarfod felly bob blwyddyn.'

'Nid gorfod,' meddai Ifor gyda phwyslais 'ond yn bodloni ar hynny yn lle torri'n rhydd. 'Rydw i'n hoff iawn o'r stori, ond 'does yna ddim datrys y broblem ynddi hi.'

'Na, mae'n well gin i 'i bod hi'n diweddu felly. Dyna sy'n i gwneud yn stori hapus i mi. Fyddai hi ddim felly, petai hi wedi mynd i'w phen draw, a bod eu cariad wedi 'i gyflawni i'w eithaf. Mi fasent yn cael eu dadrithio.'

'Mi'r ydach chi'n chwerw, Enid.'

'Nac ydw. Mae digon o briodasau yn hapus hyd henaint, am fod rhyw ail-gychwyn, neu am fod cariad yn llithro drwy'r haul i dir sy'n debyg i gyfeillgarwch solet,' meddai hi.

'Mae Ned yn byw ar yr ail fis mêl.'

'Ydy,' meddai hi'n drist.

Daethant yn ôl i'r dref. Meddyliodd Enid am fynd i weld Morfudd, ond gwyddai na fedrai ddweud ei chalon wrth Morfudd heno; yr oedd yn rhy lawn. Ymwahanasant yn gyflym, ac yr oedd Enid yn ddiolchgar na wnaeth Ifor geisio ei chusanu. Yn lle hynny, rhoes bapur pumpunt yn ei llaw, a dweud y câi ei gweld rywdro eto.

Pan gyrhaeddodd y tŷ, synnodd weled Ned yno o'i

blaen. Byddai'n hanner nos arno yn cyrraedd ar nos Sadwrn fel rheol, ac nid oedd ond deg yn awr. Yr oedd wedi bwyta ei swper hefyd.

''Rwyt ti gartre'n gynnar,' meddai hi.

'Ydw,' meddai yntau mor sych a fflat â darn o farmor. 'Oes arnat ti eisio swper?'

'Na, 'rydw i wedi cael pryd mawr gynnau.'

Edrychodd Ned yn chwilfrydig ar ei gwallt ond ni ddywedodd ddim.

'O, gyda llaw, mae Megan wedi bod ar y ffôn heno, yn diolch iti am y siec; ond mae hi'n gofyn geith hi bunt eto; mae hi wedi licio rhyw ffrog yn arw, ond mae hi'n costio punt yn fwy na ddaru i ti yrru. Mi anfona'i bunt iddi hi os lici di.'

'Na, mae gin i bunt fedra i sbario.'

'Wyt ti'n siŵr?'

'Ydw.'

Ychydig a wyddai hi beth oedd y rheswm bod Ned gartref mor gynnar. Yr oedd wedi cael y ffrae gyntaf efo'i gariad heno, a honno'n ffrae filain o bobtu. Yr oedd ei gariad wedi rhygnu ers tro y dylai gael ysgariad oddi wrth Enid, ond heno cododd ei llais a galw ei wraig gyfreithlon yn hen gnawes hunanol, a dweud y dylai Ifor ei gorfodi i roi ysgariad iddo.

''Rydw i am fynd i ngwely,' meddai Enid.

'Bedi'r brys?'

''Rydw i wedi blino.'

Daeth y chwilfrydedd i'w wyneb ef eto.

Yr oedd yn hwyr ganddi gael cyrraedd i'r llofft a'i gwely. Ni fyddai'n wely unig iddi heno. Câi gwmni ei hatgof am y noson hapus a gawsai gydag Ifor; ail-fyw pob gair ac edrychiad a theimlad. Ac, efallai, breuddwydio am y dyfodol.

Yr Wylan Deg

Fe welai hi'r wylan yn dyfod o bell ar hyd y lawnt, yn cerdded yn fursennaidd fel petai hi mewn arddangosfa adar. Gwyddai Lisi Ifans y byddai ei brecwast yma yn y munud rŵan. Fel yna y byddai bob bore, fe ddôi'r wylan, a deuai ei brecwast yn fuan wedyn. Byddai'n mwynhau ei brecwast o uwd, te, brechdan grasu a marmalêd, er y byddai'n rhaid ei fwyta ar ei gorwedd. Am yr un rheswm, ni fedrai weld yr wylan pan ddeuai'n nes at y ffenestr. Ond fe gâi godi ar ei heistedd ymhen ychydig ddyddiau, meddai'r nyrs. Byddai hynny'n braf er cymaint y boen.

Un bore gwelodd y nyrs hi'n llygadrythu drwy'r ffenestr. Trôdd y nyrs ei phen,

'Beth ydach chi'n i weld?'

'Gwylan ar y lawnt.'

'Hynny bach, mae cannoedd ohonyn nhw o gwmpas yma bob dydd.'

''Does yna'r un fel hon, mae hi'n dwad bob dydd.'

'Sut y gwyddoch chi mai'r un un ydi hi?'

'Gwn yn iawn, mae'i phlu hi mor llyfn.'

Ac ynganodd yn ddistaw pan oedd y nyrs wrth y ffenestr:

Yr wylan deg ar lan dŵr
Loywblu gofl, abl o gyflwr.

'Beth ydach chi'n i ddweud?'

'Dim ond cwpled bach am wylan arall.'

'Wir, mi 'rydach chi'n cymryd diddordeb mewn pethau rhyfedd iawn. Dda gen i monyn nhw.'

'Mae hi'n rhoi pleser i mi, nyrs. Mae hi'n undonog iawn yn y gwely yma. Methu symud heb boen, a'r oriau o amser swper hyd amser cysgu, taswn i'n medru cysgu, fel tragwyddoldeb. Wedyn pan edrycha i drwy'r ffenest yn y bore ar yr wylan, 'rwyf yn anghofio syrffed oriau diddim y noson gynt.'

'Y peth ddylai roi pleser i chi ydi eich bod chi wedi dwad trwy'r driniaeth yn llwyddiannus.'

'Ia, mae'n debyg. Ond nid pleser ydi hynny.'

'Beth ynteu?'

'Testun gorfoledd a chân a diolch. Fedar gwylan ddim gwneud hynny.'

'Na rhoi pleser 'chwaith, allan i feddwl.'

'O, medar.'

'Sut felly?'

'Mae hi'n cynhesu 'nghalon i wrth imi edrach arni yn cerdded fel ledi mewn sioe, a'r plu llyfn yna.' Eisteddodd y nyrs ar y gadair i wrando.

'Ydach chi'n licio'i lliw hi hefyd?'

'Ydw. Lliw y Crynwyr. 'Dydi o ddim yn lliw sy'n'i ddangos i hun. Dyna liw dillad priodas merched ers talwm. Lliw purdeb. Mae o mor ddistaw.'

'Dydi criw o wylanod efo'i gilydd ddim yn ddistaw.'

Chwarddodd Lisa,

'Na, mae'n debyg eu bod nhwythau fel pobol yn dadlau ac yn ffraeo. "Gwlanan y môr" fydden ni yn eu galw ers talwm.'

' 'Chlywais i 'rioed ffasiwn beth,' ebe'r nyrs.

'Naddo, mae'n siŵr, nid sôn am griw o wylanod yr ydw

i, ond am un wylan, fy ngwylan i, sy'n dwad i'r lawnt bob bore.'

''Dydi hi ddim yn perthyn i chi mwy nag i rywun arall.'

'Ydi, mae hi; wrth sbïo arni hi, mae hi wedi dwad yn eiddo i mi. Mi fentra i nad oes neb arall yn rhoi sylw iddi hi.'

''Fasach chi ddim yn licio iddi ddwad atoch chi ar y gwely yma reit siŵr?'

'Baswn, er mwyn imi gael pratio'r plu llyfn yna.'

'Beth tasa hi yn eich pigo chi?'

''Fasa hynny ddim mwy o boen nag ydw i yn i ddiodde rŵan.'

Ymhen ychydig ddyddiau yr oedd y stori wedi mynd trwy ward y merched yn yr ysbyty fod gan Lias Ifans dderyn, a deuai'r nyrsus a'r cleifion i'w hystafell o dan yr esgus eu bod yn dyfod i edrych amdani. Nid aeth yr un allan heb edrych drwy'r ffenestr, a gofynnodd un ym mha le yr oedd y deryn. Nid atebodd Lisa ddim, ond daeth teimlad o genfigen i'w chalon. Ei chyfrinach hi oedd yr wylan. Y hi oedd wedi ei gweld, ac nid oedd yn fodlon ei rhannu â neb.

Ond bu'n rhaid iddi ei gadael. Ymhen ychydig ddyddiau dywedwyd wrthi y byddai'n cael ei symud i ysbyty yn ymyl ei chartref. Deuai hynny â manteision iddi; câi weld mwy o bobl o ymyl ei chartref, ond ni ddeuai'r wylan yno. Cyn iddi gael ei chario o'r gwely y diwrnod yr ymadawodd, daeth nyrs bach ifanc ati a dweud, a rhoi ei dwy law am ei hwyneb:

'Codwch eich calon, Mrs Evans, mi â i at y ffenest yna bob bore, a mi edrycha' i ar yr wylan, a meddwl amdanoch chi.'

Wrth iddi gael ei chario o'r gwely at yr ambiwlans, daeth y nyrsus i gyd ati i ganu ffarwel, a chusanodd rhai hi, a dweud: 'Biti eich bod chi'n mynd.'

Troes hithau ei phen ac edrych i gyfeiriad y ffenestr, y ffenestr y gwelodd gymaint o gysur trwyddi, a daeth dagrau i'w llygaid.

Heb Gyffro Mwy

Yr wyf yn aros mewn gwesty yn y dre ac yn rhy aflonydd i orffwyso. Er mwyn i'r amser fyned heibio cyn imi fynd i'm gwely, ni allaf feddwl am ddim byd gwell i'w wneud nag ysgrifennu'r pethau a fu'n mynd trwy fy mhen er pan gychwynnais o gartre y bore yma.

Teithiais bedwar ugain milltir i ddyfod i'm hardal enedigol i edrych am Robat Huw. Dyma'r tro cyntaf imi fod yn yr ardal er pan adewais hi sbel dros hanner can mlynedd yn ôl. Cefais ugeiniau o lythyrau gan Robat Huw yn ystod yr amser yna, a'i gwmni yn fy nhŷ lawer gwaith, ond yr oedd yn rhaid imi fynd i edrych amdano fo heddiw, gan ei fod yn prysur fynd o'r byd yma. Yr wyf yn berffaith sicr mai dyma'r tro olaf imi ei weld, ac yr wyf yn berffaith sicr hefyd mai dyma'r tro olaf imi weld fy hen fro. Teimlad rhyfedd yw hynny, ac ni synnwn i ddim mai dyna sy'n gwneud imi sgrifennu. Mae gweld rhywun am y tro olaf a chwithau'n gwybod hynny, a'r rhywun hwnnw wedi gwneud ei le yn eich calon ers degau o flynyddoedd yn eich gwallgofi, neu yn eich tawelu hyd at galedu eich calon. Efallai mae'r un peth yw'r ddau. Yr wyf innau am geisio tynnu fy meddwl oddi ar y peth drwy ysgrifennu am bethau nad oes â wnelont â'r munud ofnadwy hwn yn hollol, ond eto y sydd fel cae yn perthyn i ffarm ond yn bell iawn oddi wrth y tŷ.

Bydd yn rhaid imi ddweud y prif bethau yn fy hanes, ac fe rydd ryw ryddhad imi wneud hynny heno, oblegid bûm yn meddwl mwy am droeon fy mywyd er bore ddoe nag a wneuthum ers tro, ac efo marw Robat Huw, achos marw y mae o, fe ddaw diwedd i gyfnod hir o'm bywyd innau. Yn wir, ni bydd llawer iawn ar ôl wedyn, achos yr wyf dipyn dros fy neg a thrigain.

Ychydig iawn a gofiaf fi am fy nhad a'm mam, fe gollais y ddau o fewn ychydig fisoedd i'w gilydd pan oeddwn tua phedair oed. Mynd ar goll a wnaethant i mi, yn llythrennol. Diflannu. Byddaf yn ceisio cofio ac ymbalfalu yn y darn tywyll hwnnw i'm bywyd. Ond yr wyf fel pe bawn yn pysgota mewn llyn llwyd-dywyll, yn meddwl fy mod yn gweld ambell bysgodyn, ond mae wedi mynd cyn imi gael gafael arno. Saif ambell beth yn glir, a gwn yn iawn mai i mi y digwyddodd hynny ac nid i neb arall. Cofio eistedd ar lin fy mam cyn mynd i'm gwely i gynhesu fy nhraed, hithau yn lapio godre fy nghoban hir dros fy nhraed fel cas llythyr, ac yn fy ngharío i'r gwely. Gweld fy nhad yn clirio'r eira o flaen y drws ar ddiwrnod oer yn y gaeaf a'r ieir yn swatio mewn congl. Ni chofiaf wyneb yr un o'r ddau ac nid oes gennyf lun ohonynt, ond cofiaf wallt melyn cyrliog fy mam. Cofio cael fy neffro ryw fore tywyll a rhywun yn dweud bod gennyf frawd bach, a rhywun yn dweud wedyn bod fy mam a'm brawd bach wedi mynd i ffwrdd ymhell. Cofio Modryb Sera, chwaer fy nhad, yn dwad acw atom. Cofio pob man yn ddistaw a nhad heb fod yno. Ond gwelaf un peth yn gliriach na dim, Modryb Sera yn dweud fy mod yn mynd ati hi i fyw, y hi a'i merch Melia, geneth tua deg oed. Yr wyf yn cofio rhyw ddyn yn dweud bod yn rhaid boddi'r gath, a dyma finnau'n sgrechian a gorwedd ar wastad fy nghefn a strancio, a dweud nad awn i ddim i dŷ Modryb Sera heb fy nghath. Mi geisiodd Modryb Sera fy nghodi oddi ar lawr, ond hitiais hi yn ei hwyneb a chrio cymaint nes imi gronni fy ngwynt, a rhywun yn dweud 'Cnociwch i chefn hi.' Mi ddywedodd Modryb Sera, 'Mi gei ddwad â dy gath, mi geith ddal llygod yn y cwt popty i dalu am i bwyd.'

Gwraig weddw oedd Modryb Sera yn cadw siop bach bennog picl a bara ceirch cartre. Gan nad oedd y popty wrth rât y gegin yn ddigon i wneud y pethau yma, yr oedd wedi gwneud popty arall mewn cwt a oedd wrth dalcen y tŷ, ac yn y fan honno y rhoddwyd y gath y dechreuais ei galw'n Siani o'r munud hwnnw. 'Dwn i ddim pam, os nad am fy mod yn teimlo ei bod yn fwy o gwmpeini efo enw. Da i mi oedd fod gennyf rywbeth i siarad efo fo, er nad oedd y peth hwnnw yn ddim ond cath, achos mi roddais fy nghas ar Melia y munud y rhoddais fy nhroed yn y tŷ. Mi eisteddodd yn blwmp ar y gadair freichiau cyn gynted ag y cyrhaeddais, ac mi wrthododd godi imi er i'w mam grefu arni. Y peth a gofiaf fi am Melia o hyd ydyw ei bod yn hogan fawr dew, yn disgyn bob amser i gadair ac nid yn eistedd arni. Ond y peth rhyfeddaf i mi am y fam a'r ferch ydoedd eu hamrannau. Yr oeddynt fel bleind yn dwad i lawr dros fwy na hanner eu llygaid, ac yn gwneud iddynt edrych fel pe baent yn cysgu ar eu traed. Mi ddeuthum i wybod cyn pen llawer o flynyddoedd y medrai Melia hel lot o bethau o dan yr amrannau hynny gan gymryd arni ei bod yn cysgu. Hel awgrym a ddôi allan fel stori, hel hanesyn a ddôi allan fel nofel. Nid oedd hi yn cysgu o bell ffordd. Nid af i sôn am y mil a mwy o'r ffyrdd y dangosai ei gwrthwynebiad imi. Ond fe ddaeth imi rai manteision o hynny. Gwrthwynebai imi gysgu yn yr un gwely â hi, a dyma Modryb Sera yn gofyn imi a hoffwn gysgu yn rhyw daflod bach a oedd uwchben y gegin. Yr oeddwn wedi sylwi ar ysgol gref wedi ei hoelio wrth y distyn ac yn mynd i fyny i rywle o'r gegin. Yr oedd

Modryb Sera wedi dwad â hen wely wenscot o'r hen gartre, un heb do iddo fo, a'i gadw fo yn y daflod yma. Mi rowd peiswyn glân arno fo, ac yn hwnnw y bûm yn cysgu tra fûm yno. Nid oedd dim byd arall yn y llofft ond cadair a bocs sebon wedi ei droi ar ei ochr. O dipyn i beth heliwn drysorau i'r bocs, ambell hen lyfr a gawn gan hwn a'r llall, ruban gwallt, crogen o lan y môr, a bocs oel gwallt a gwydr ar ei gaead.

Pan awn i'm gwely byddai fy nhraed mor oer â dau lyffant. Âi fy nghoban yn gwteuach ac yn bellach oddi wrth fy nhraed, nes mynd o'r diwedd cyn fyrred â chrys, ac ni feddyliai Modryb Sera am brynu un newydd imi. Ond fe ddeuthum i hoffi'r llofft bach yma, ac fel yr heneiddiwn byddwn yn prynu cannwyll efo'r geiniog a gawn yn y *penny reading* a'i gosod mewn potel er mwyn imi gael darllen. Braf iawn oedd bod mor agos i'r to ar noson o wynt.

Wrth ysgrifennu hwn, sylweddolaf un peth sydd ynof na sylwais arno cynt, sef fy mod bob amser ymhob trybini y bûm ynddo, wedi cael rhyw un cysur bach o rywbeth. Yn y dyddiau cyntaf hynny yn nhŷ Modryb Sera, pan fyddai ei holl sylw ar y penwaig picl a'r bara ceirch, a Melia yn fy anwybyddu yn llwyr, byddwn yn mynd i'r cwt popty i fagu Siani. Yr oedd yn dda iddynt gael gwared ohonof, gan fod eisiau lle garw i gyrlio'r bara ceirch o flaen y tân. Yn y cwt yr oedd stôl drithroed, a byddwn yn gosod honno o flaen y twll-tan-popty lle'r oedd y golau yn dwad yn gylch o gwmpas fy nhraed. Byddai Siani wrth ei bodd yn canu'r grwndi ar fy nglin ac yn estyn ei phen i lawr i gyfeiriad y gwres fel y bydd dafad pan fydd yn cael ei chneifio. Byddwn innau'n hapus ac yn medru anghofio hynny o'r hen gartref a ddôi fel fflach weithiau ar draws fy meddwl.

Byddai Siani yn ceisio dengid ar fy ôl pan awn i'm gwely, ac yr oedd yn demtasiwn fawr gadael iddi ddwad i'r tŷ, ond gwyddwn y byddai Melia yn siŵr o'i boddi os gwnawn hynny, achos yr oedd wedi bygwth hynny eisoes. Yn lle hynny byddwn yn dwyn llefrith iddi o'r gilan a oedd yn agor allan o ryw gynddrws bach cyn mynd i mewn i'w gegin. Wrth ddweud fy mhader y noson honno, byddwn yn gofyn i Dduw faddau imi am ddwyn, ac yn diolch iddo am adael imi gadw Siani.

Aroglau penwaig picl oedd y peth gwaethaf, ond yr oedd hwnnw ymhob rhan o'r tŷ hefyd. Ac O! fel y deuthum i gasáu penwaig picl. Byddai fy modryb yn gafael yng nghynffon y pennog, a fyddai efo dwsin o rai tebyg mewn dysgl bridd goch, efo'i bys a'i bawd ac yn ei roi ar fy mhlât. Ar y dechrau, pan dorrai yn ei hanner byddai'n ddrwg gennyf, oblegid gwyddwn mai dim ond yr hanner hwnnw a gawn, ond cyn pen dim, yr oeddwn yn dyheu am i'r pennog dorri yn ei hanner. Yr oeddwn yn hoffi'r bara ceirch pan gawn fenyn go dew arnynt, ond nid yn y brwes ychwaith.

Fel yna y llithrodd y blynyddoedd heibio, Melia a minnau heb fod ddim nes i ffrindiau, ond yn ffeindio ein ffrindiau ein hunain yn yr ysgol, nes daeth yn amser i mi ymadael, a mynd i weini yn ddeuddeg oed.

Cafwyd lle imi mewn ffarm fechan lle'r oedd un plentyn. Nid oedd yn chwith gennyf adael Modryb Sera a Melia. A barnu oddi wrth olwg fy nghyfnither yr oedd hi'n falch iawn. Yr oedd Siani wedi marw erbyn hynny, a minnau'n llosgi mwy o ganhwyllau yn y daflod. Yr oedd sôn ar led yn yr ardal fy mod yn darllen llawer, a deuai pobl â hen lyfrau imi. Gwyddwn y byddai hynny drosodd wedi imi fynd i weini, er imi bacio'r llyfrau yn ofalus efo'm dillad. Daethai fy modryb efo mi i'm cyflogi yng Nghefn Dalar, ond ar fy mhen fy hun y troediais y ddwy filltir yno y Glamai hwnnw, ac yr oedd arnaf ryw fath o hiraeth am fy nhaflod yn arbennig. Ond wedi cyrraedd, ni bu arnaf funud o hiraeth. Yr oedd gan John a Leusa Huws hogyn bach dyflwydd oed o'r enw Robat Huw, ac o'r munud y gwelais ef fe'i hoffais. Ni allaf ddweud wrthych sut wallt a oedd ganddo, na sut lygaid na dim felly. Tynnu eich llygaid am dipyn bach y mae gwallt melyn, llygaid glas, gwallt fel y frân, llygaid fel eirin a phethau felly, ond yr oedd rhywbeth yn holl wyneb Robat Huw a'm tynnai ato, ac ni adawodd y peth hwnnw mohono byth, yr oedd yno heddiw fel erioed er gwaethaf ei gystudd mawr. 'Hawddgar' yw'r gair a ddaw i'm meddwl. Estynnodd ei freichiau tuag ataf, estynnais innau fy mreichiau tuag ato yntau a'i gusanu, a dyna ddechrau ein cyfeillgarwch. Allan ar y caeau efo'i gŵr yr hoffai Leusa Huws fod, ac nid oedd ganddi fawr dileit yn y tŷ ar wahân i'r tŷ llaeth. Dywedasai'r doctor wrthi na châi blentyn arall, ac yr oedd hithau fel petai am wneud ei gorau i gadw Robat Huw. Ond yn lle cael gwas i helpu'r gŵr, yr oedd yn well ganddi gael morwyn yn y tŷ. Peth rhyfedd yn fy ngolwg i, ond wedyn y deuthum i wybod ei bod wedi rhoi ei bryd o'r cychwyn ar i Robat Huw gael addysg. Fe weithiodd gymaint â dau a byw'n gynnil i wneud hynny. Rhyfedd o beth oedd fod y ddau allan yn y caeau ac yn y beudai ar hyd y dydd, heb weld dim ond yr hyn a oedd o dan eu traed, ac eto, ynglŷn â Robat Huw, yr oeddynt fel pe baent wedi eu hitio yn eu trwynau, yn edrych i fyny, yn lle edrych i lawr, heb weld y peth a oedd o flaen eu trwynau, sef Robat Huw a'i anghenion ar y pryd.

Yr oeddynt yn anllythrennog, rhyw grap ar ddarllen yn yr Ysgol Sul a oedd ganddynt, a phan fyddwn yn dweud straeon wrth Robat Huw wrth y tân gyda'r nos, byddent yn gwrando â'u cegau yn agored, a rhywbeth tebyg i fwyniant ar eu hwynebau. Ond ni wnâi hynny greu unrhyw awydd ynddynt am ddysgu darllen yn well. Hel y byd oedd eu nôd, er mwyn Robat Huw. Bwrdd llwm oedd eu bwrdd, uwd a llymru a phethau felly, a thatws wrth reswm, nes imi ddweud y treiwn wneud bara ceirch. Ar ôl llawer methiant, llwyddais i wneud rhai bron cystal â rhai Modryb Sera. Troais fy llaw at deisen gri hefyd, ac wrth fy ngweld yn cymryd y fath ddileit mewn gwneud bwyd, mi ddaeth y nerob cig moch i lawr oddi ar y distyn yn amlach, a chaem ambell ŵy. Wir, mi ddaeth bywyd yn braf yno, a Robat Huw yn glynu fel gelen ynof. Awn ambell dro i edrych am Modryb Sera, yn y gwanwyn a'r haf. Yr oedd Melia yn y siop ers talwm a Modryb Sera wedi ymneilltuo fwy-fwy i wres y popty. Dirmyg oedd y peth amlycaf ar wyneb Melia erbyn hyn, yr oedd hi'n meddwl cryn dipyn ohoni ei hun tu ôl i gownter ei siop. Ni byddai ganddi ddim i'w ddweud wrth Robat Huw ac ni chynigiodd erioed ddimai iddo. Mi roes ef ei droed ynddi un o'r troeon cyntaf trwy ddweud, ''Dydi Magi (y fi oedd honno) ddim yn licio'ch hen bennog picl chi, a tydw inna ddim chwaith.' Mi gododd Melia fleinds ei llygaid fymryn, ac ynddynt fe welais y casineb hwnnw yr oeddwn i'w weld unwaith wedyn ond yn rymusach o lawer.

Aeth Robat Huw i'r ysgol, ac amlwg nad oedd dysgu yn drafferth iddo o gwbl. Dysgwn innau lawer oddi wrtho. Câi ei rieni foddhad mawr a gweithient yn galetach nag erioed.

Yna pan oeddwn yn ddeunaw oed syrthiais mewn cariad â Dafydd, llanc golygus tuag un ar hugain oed, a blaenor yn y capel. Yr oeddwn dros fy mhen a'm clustiau mewn cariad, heb wybod pam mai amdano fo y gwirionais, ond fy mod wedi gwirioni a dyna'r cwbl. Dyma'r amser y gofynnais gyntaf i meistres am gael noson allan. Cyn hynny, ni byddwn byth yn mynd ; unlle, dim ond i'r capel neu ar neges a Robat Huw yn fy llaw. Robat Huw oedd yr un a oedd yn anfodlon. Holai a stiliai fi pan welai fi'n cychwyn, pam na châi o ddwad efo mi? Aeth fy niddordeb yn llai ynddo, ac ni thrafferthwn lawer i gyfansoddi'r math o straeon a hoffai. Yn awr byddent am gariadon yn ffraeo ac yn ail-gymodi ac yn byw yn hapus byth wedyn. Gofynnodd imi'n sobr un noson pam na châi o straeon am geffylau yn neidio dros glogwyni ac yn rhedeg efo'u gyrwyr ar ôl lladron yn lle am ryw hen fabi doli o ferched? Ond Dafydd oedd pob dim. Amdano ef y meddyliwn wrth gorddi, wrth odro, wrth fynd i gysgu, wrth ddeffro. Gweithiwn yn well, darllenwn lai a synfyfyriwn fwy. Byw ar dranc yr oeddwn. Ymhen tua dwy flynedd yr oeddem yn sôn am briodi, ac wedi cael hanes tyddyn bychan, ond heb fynd yn ei gylch. Ond un noson yn yr haf, pan gyfarfûm â Dafydd wrth lidiart y mynydd fel arfer, yr oedd y fath olwg arno fel y teimlais y lliw yn gadael fy wyneb. Gwyddwn yr eiliad honno mai fi oedd yr achos, oblegid plannodd ei lygaid arnaf fel cudyll coch, ac nid oedd yn bosibl i mi ddianc rhag cyfaredd y casineb a oedd yn y llygaid hynny. Yn ystod y ddwy flynedd o'm hadnabyddiaeth ohono, gwelswn ef mewn llawer tymer, yr oedd yn un pur oriog ei deimladau, ond ni welswn erioed yr olwg filain gyhuddgar yma a oedd arno. Yn naturiol, gofynnais iddo beth oedd yn bod, a'r gair cyntaf a ddaeth o'i enau oedd gair na allaf ei adrodd yma, a gair nas clywswn erioed ond pan ddeuai ar y gwynt oddi wrth hogiau drwg a arferai loetran wrth y capel a'r siop ar noson waith. Yr oeddwn wedi ymddrysu'n lân ac ni allwn ddweud dim. 'Tydach chi ddim mor ddiniwad ag yr ydach chi'n edrach,' meddai. Ni fedrwn ddweud dim wedyn. Wrth fy ngweld yn sefyll mor hurt, tybiodd mae'n debyg y byddai'n well iddo egluro. Yr oedd wedi cael llythyr dienw yn difwyno fy nghymeriad i, ac yn sôn am rywbeth a ddigwyddasai ryw ychydig cyn imi fynd i weini efo rhyw hogiau a redasai ar ôl y genod wrth inni fynd adre o'r seiat ryw noson. Yr oeddwn i'n cofio am y noson, a'r hogiau yma yn rhedeg ar ein holau. Mi ddaliodd rhyw leban mawr o'r enw Guto fi, gafaelodd amdanaf a cheisiodd fy nghusanu, ond ni lwyddodd, oblegid rhoddais fy nwrn yn ei lygad, ac yr oedd yn dda gan ei einioes gael ffoi, ac am ddyddiau wedyn bu'n rhaid i'r hen hogyn atgas hwnnw ddweud degau o gelwyddau i egluro'i lygad du. Mynnai Dafydd nad hynyna a ddigwyddasai, ond fy mod wedi colli fy nghymeriad y noson honno. Nid oedd wiw dadlau ag ef, ni chredai fi.

'Ylwch yma,' meddwn, pan ellais gael fy nhafod yn rhydd, 'petai hynny wedi digwydd, mi faswn i wedi mynd adref mewn braw a dychryn, achos plentyn oeddwn i, ac mi fasa gan Modryb Sera rywbeth i'w ddweud ar y pwnc.'

Na, ni thyciai dim. Dywedais wrtho am fynd at Modryb Sera. Na, ni wnâi hynny. Gofynnais iddo a gawn weld y llythyr. Na chawn. Gofynnais a oedd ganddo amcan pwy oedd wedi ei sgrifennu. Oedd, ac yr oedd yn siŵr fod y ffeithiau gan y sawl a'i hanfonodd.

'O'r gorau ynteu,' meddwn i, 'nid oes dim i'w wneud ond inni ymadael â'n gilydd, gan na chredwch chi mono i.'

'Mi ellwch syrthio ar ych bai,' meddai, 'a mi ddown i ddallt ein gilydd.'

'Bedach chi'n feddwl?' meddwn i, 'gofyn imi ddweud mod i wedi gwneud rhywbeth na wnes i mono fo 'rioed. Na 'na, byth.'

A throis ar fy sawdl. Cychwynnodd yntau redeg ar fy ôl, ond pan ddaliodd fi, troais arno y fath olwg fel y troes ymaith, a cherdded fel ci a'i gynffon rhwng ei afl.

Ni wn sut y cyrhaeddais Cefn Dalar y noson honno, ond yn yr ugain munud hwnnw rhwng llidiart y mynydd a'r ffarm, ni welais yr un clawdd na choeden, ond yr oedd mwy o feddyliau wedi mynd trwy fy mhen nag a aethai erioed o'r blaen mewn cyn lleied o amser.

Eithr cyn cyrraedd y tŷ arefais fy nghamau, stopiais a rhoi fy mhwysau ar wal, a dechrau meddwl — meddwl beth a wnawn, ond yn fwy na dim meddwl am fy holl berthynas â Dafydd, ac am ei gymeriad. Gwyddwn ei fod yn byw ar ben llanw teimlad bob amser. Gweddïai yn angerddol, canai yn angerddol, carai yn angerddol. Fe wyddwn i fod yna frwydr yn mynd ymlaen yng nghyfansoddiad Dafydd rhwng ei grefydd a'i hoffter o ferched. Byddwn yn meddwl yr amser hwnnw ei fod yn rhagrithio efo'i grefydd, ond yr oeddwn wedi gwirioni gormod amdano i'w feio am hynny. Erbyn hyn, ni buaswn yn ei alw yn rhagrith. Gwelais fwy o bobl oddi ar hynny, darllenais lawer o lyfrau, a gallaf ddeall pam y rhoddai 'Cnawd ac ysbryd sy'n rhyfela' allan i'w ganu mor aml. Storm oedd ei fywyd, a gwelais i y noson honno storm arall, storm ei gasineb. Ond casineb at beth? Ni allwn ddweud. Petai o wedi troi ei gasineb at yr un a geisiodd ddifwyno fy nghymeriad i buaswn yn dallt. Ond troi ei gasineb arnaf fi, a hynny fel petai o yn dalp o sancteiddrwydd. Ymhen blynyddoedd lawer iawn y deuthum i ddallt y tro yma yn ei gymeriad, o gyhuddo eraill o beth a oedd yn demtasiwn iddo fo'i hun. Ond ar y pryd nid oedd y pethau yna yn pwyso dim arnaf, y peth oedd, yr oedd wedi gwrthod derbyn fy ngair, ac oherwydd hynny wedi fy ngwneud yn gelwyddog. Yr oeddwn yn benderfynol na chymodwn fyth heb iddo fo syrthio ar ei fai, a hyd yn oed wedyn byddai'n anodd ail-gymodi. Gallai ddigwydd wedyn.

Nid af i sôn am y cydymdeimlad a'r dealltwriaeth a gefais gan John a Leusa Huws wedi mynd i'r tŷ. Fe ddaw y pethau hynny o'r llefydd rhyfeddaf. Hwy a awgrymodd mai Melia a sgrifennodd y llythyr, a phan gefais yr awgrym, ffwrdd â mi y munud hwnnw i'w gweld. Ni cheisiodd wadu. Y noson honno y cododd hi'r bleinds i'w man uchaf y gwelswn hwy erioed, ac nid anghofiaf byth y cynddaredd yn ei llygaid. Gorchmynnodd imi fynd allan o'r siop. Gwrthodais innau ac yn lle hynny cerddais i'r gegin at ei mam, a bwriais fy holl ofid wrthi heb adael allan ran Melia yn y busnes. Y noson honno y gwelais fwyaf o ddynoliaeth Modryb Sera. Yr oedd yn amlwg bod ei merch wedi ei throi o'r siop, a bod Modryb Sera yn hollol dan ei bawd.

Clywais wedyn fod Modryb Sera wedi mynd at Dafydd a bygwth rhoi cyfraith arno am ddilorni fy nghymeriad, a'i bod wedi casglu ei holl nerth a rhoi curfa iawn i Melia.

Ni wn ai gwir hyn, oblegid cedwais i'r tŷ am wythnosau, a'm casineb yn fy mwyta. Ni wyddwn pwy a gasawn fwyaf, ai Dafydd ai Melia. Ond mi ddwedodd Leusa Huws un peth call, rhyw ddoethineb fel petai'n dyfod o'r pridd, sef fod Melia wedi gwneud rhyw fath o gymwynas â mi, trwy wneud i Dafydd ddangos beth oedd o cyn imi ei briodi. Gallasai rhywbeth ddigwydd wedi inni briodi. Lliniarodd hynny rywfaint arnaf, ond troes fy nghasineb at Dafydd yn fwy cynddeiriog. Gallwn ddeall y bobl hynny y darllenaswn amdanynt a wnâi ddelw a rhoi pinnau ynddi.

Nid euthum ar gyfyl y capel tra fûm yng Nghefn Dalar wedyn, a phenderfynais ymadael pan ddelai C'lan Gaeaf. Ond yr oedd amser hir tan hynny. Rhoddais fy holl sylw i Robat Huw ac i gasáu fy hen gariad. Clywn y byddai'r olaf yn y capel fel o'r blaen, ac yn gweddïo yr un mor angerddol, ond ni wnâi pobl lawer o siapri ohono. Darllenwn eto, ond nid oedd gennyf fawr o bethau newydd i'w darllen erbyn hyn. Gwewn storïau i Robat Huw, a chymryd arnaf mai wedi eu darllen y byddwn. Ambell gyda'r nos pan fyddwn yn synfyfyrio i'r tân, fe adawai ei dasgau ysgol a dyfod ac eistedd wrth fy ochr ar y setl a rhoi ei fraich dros fy ysgwydd a synfyfyrio i'r tân efo mi heb ddweud dim. O blentyn yr oedd yn deall llawer. Fe fyddwn innau yn gwneud te bach inni ein dau ar y setl, a gallwn anghofio pob dim am funud wrth feddwl bod gennyf ffrind bach mor ffyddlon.

Euthum i un o drefi Lloegr i weini. Yr oedd y gwahanu o bobtu yn anodd. Ond yn y trên mi ddaeth imi ryw deimlad braf, sef fy mod yn wynebu ar fywyd newydd, ac y cawn i dorri i ffwrdd am byth â'm gorffennol a'r blas drwg a fuasai ar fy ngwefusau ers tri mis. Ond ni allwn dorri i ffwrdd yn glir. Yr oedd Robat Huw yno, a gwyddwn y byddai'n rhaid i'r ddolen yna ddal heb dorri.

Nid oes a wnelo gweddill fy hanes ddim â'r stori yma. Priodais â Wiliam, Cymro o'r un sir â mi. Codais deulu, bu'n ymdrech cael y ddau ben llinyn ynghyd, er na bûm yn dlawd. Ni wirionais am Wiliam, tyfu yn araf a wnaeth ein cyfeillgarwch. Cefais bob caredigrwydd a bywyd digynnwrf. Wrth fy holi fy hun a fûm yn hapus, ni allaf ddweud. Bûm yn gysurus beth bynnag, ond efallai nad hapusrwydd yw bod yn gysurus, nid yr un bwyd yw hapusrwydd pawb. Yr wyf fi'n credu bod cyffro yn fwyd i mi, a'm bod mewn gwirionedd wedi mwynhau'r ffrae a gefais â Dafydd. Peth felly sydd yn rhoi bywyd llawn i rai pobl ac efallai i minnau. Efallai mai ym mhoethder ffrae ac ym mhoethder ail-gymodi y buaswn i wedi cael hapusrwydd. Anodd dweud. Clywais i Dafydd briodi ymhen ychydig fisoedd wedi imi adael Cymru, ond nid ymholais ddim yn ei gylch ef na'i deulu. Ni thâl ymboeni na busnesa ynghylch rhywun a gymerodd eich lle mewn swydd neu yn serchiadau rhywun y buoch yn eu caru unwaith.

A rŵan dyma fi wedi dwad i heddiw ac i gyffro o natur arall. Nid oeddwn yn teimlo dim heddiw ynghylch fy hen ardal, nid oedd ynof yr un teimlad o fath yn y byd wrth feddwl fy mod yn agos iawn o ran lle i Dafydd a Melia. Gwelais gip ar ben Melia yn y siop wrth basio, hen ferch hen yr olwg yn gwerthu cacennau yn lle pennog picl erbyn hyn. I mi, talp digyswllt o ddim ydoedd. Gadawer i rywun arall gymryd trueni drosti yn ei hunigrwydd a'i henaint. Ond yr oedd yn wahanol efo Robat Huw. Ef oedd yr unig un a welswn o'r hen ardal ar hyd y blynyddoedd. Ysgrifennodd ataf yn gyson a'i lythyrau plentynnaidd yn datblygu yn fwy dynol o hyd. Wedi imi briodi deuai i dreulio rhan o'i wyliau haf atom bob blwyddyn hyd nes y priododd ef ei hun. A wedyn deuai ef a'i wraig i roi tro inni weithiau.

Yr oedd ei olwg heddiw ar y munud cyntaf yn ddychryn imi, ond yr oedd y wên hawddgar yno o hyd.

Sgwrsiai yn ddi-baid am yr amser gynt, ac ymddangosai fel petai'n ymdrechu i gadw oddi wrth odre yr un peth yn yr amser hwnnw a ddiddymai bopeth arall ynddo. Ond mi ddaeth allan yn y diwedd.

'Wyddoch chi, Magi,' meddai, ''rydw i'n credu erbyn hyn mai rhyw ffawd garedig wnaeth i Melia anfon y llythyr hwnnw at Dafydd. 'Rydach chi wedi bod mor hapus efo Wiliam, a 'dydw i ddim yn meddwl y buasech chi felly efo Dafydd. Mi fûm i yn aelod o'i ddosbarth Ysgol Sul o am flynyddoedd wedi i chi fynd i ffwrdd, ac mi fyddai yn ein cyhuddo ni o ryw ddrygau o hyd, a wyddoch chi, ddaru o 'rioed ein credu ni pan fydden ni'n dweud y gwir.'

Ni ddywedais ddim. Nid oedd o ddim gwahaniaeth erbyn hyn. Wrth imi gychwyn oddi yno y dangosodd Robat Huw ei fod yn fy ngweld am y tro olaf. Galwodd arnaf yn ôl oddi ar y grisiau ac edrychodd yn hir ac yn rhyfedd ar fy wyneb.

'Dim ond eisiau dweud 'mod i'n cofio at Wiliam,' meddai, 'a diolch i chi, Magi, am bob dim.'

Mae fy llaw yn crynu wrth sgrifennu hwnna rŵan. Oedd, mi 'roedd o'n gwybod yn iawn ei fod o'n mynd a'i fod o'n fy ngweld am y tro olaf. Ceisio dianc rhag y meddwl ofnadwy yna yr wyf. Ond tybed a fuasai o'n funud ofnadwy imi petai o'n rhywun arall? Tybed a deimlaswn gymaint pe gwelswn y fath olwg ar rywun nas hoffwn — asgwrn ei lwnc fel bach yn taflu allan, ei wegil fel cefn cyllell, a'r düwch tan ei lygaid fel petai'n treiddio i ddyfnder ei gnawd? O, a'r ên bigfain fel blaen myniawyd. Ond beth oedd fy ngwir deimlad? Ai trueni dros ddyn yn gorfod gadael y byd ac yntau ar fin ymddeol o'i waith? Ai trueni am fod y bwlch cyfyng o'i flaen? Ai ing yn fy nghalon am fod y pethau yna yn digwydd i un a hoffwn gymaint, un a'm gwaredodd i rhag cyrraedd gwaelod trueni ar un cyfwng yn fy mywyd? Gwawriodd rhywbeth newydd sbon ar fy meddwl, a oeddwn i wedi glynu fel gelen wrth Robat Huw er pan adewais fy ardal enedigol am nad oedd arnaf eisiau torri cysylltiad â'm gorffennol yn llwyr, a bod rhywbeth heblaw Robat Huw yn dal o hyd?

Yr wyf am fynd i'm gwely a cheisio cysgu. Ni allaf ddatrys y cwestiynau yna. Digon i mi yw gwybod fy mod unwaith eto, brynhawn heddiw, wedi cael un foment fawr o gyffro teimladol wrth wely Robat Huw. Gwn yr â'r foment yma heibio gydag amser, ac na chyffroir fi wrth glywed enw Robat Huw hyd yn oed. Ond byddaf yn bur hen erbyn hynny.

Torri Amod

Yr oedd Mair wedi dyfod adref o'r coleg ar ôl ei blwyddyn olaf a modrwy dyweddïad ar ei bys. Yr oedd ar ben ei digon; ond yr oedd un peth bach yn ei phoeni; yr oedd yn rhaid iddi fynd i dŷ ei Modryb Sera i gydymdeimlo â hi ar farw ei chwaer Elin, oedd yn byw gyda hi, ac a fuasai'n orweiddiog ers blynyddoedd. Teimlai'n drwsgl a chwithig wrth fynd i dŷ galar unrhyw amser, ac yn sicr heno byddai'n anodd iawn iddi sôn am ei dyweddïad mewn tŷ felly.

Ar ôl bod, yn lle mynd adref ar ei hunion aeth am dro i'r mynydd, ac eistedd ar fwsog gerllaw nant fechan glir ei dyfroedd, a dechrau meddwl am yr ymweliad. Soniodd ei modryb am ei hiraeth ar ôl ei chwaer, ac am ei dyddiau olaf, fel yr oedd wedi dangos ei bod yn gwybod ei bod yn mynd i farw, ac wedi ffarwelio â hi, a diolch am ei holl garedigrwydd ar hyd y blynyddoedd. Dywedodd fod y ddwy wedi bod yn gyfeillgar ar hyd eu hoes, wedi bod yn gweini gyda'i gilydd yn Llundain, wedi cael arian ar ôl eu meistres, ac wedi dyfod i fyw i'r tŷ bychan yma yn ymyl eu hen gartref; ond er eu siom Elin wedi mynd yn wael a marw. Er hynny, ni allai Mair feddwl beth oedd yn bod ar ei Modryb Sera heno. Yn ystod yr holl flynyddoedd y bu'n mynd yno a'i Modryb Elin yn wael, yr oedd Sera mor dawel, a rhyw sobreiddiwch urddasol o'i chwmpas, ond nid oedd dim urddasol ynddi heno; yr oedd yn gyrru rhyw iasau i lawr ei chefn wrth sôn am farw ei chwaer, ond yn ddigon pigog wrth sôn am ei phriodas hi; beio gwragedd priod am fynd allan i weithio ac ati, a chystal â thaflu bod Mair yn rhy ifanc i briodi. Ond yr oedd yn debyg na welai neb o'i hoed hi lygad yn llygad â'i nith wrth sôn am bethau fel yna, ac yr oedd hithau wedi bod yn ddifeddwl, cymysgu dyweddïo efo galar.

Yr oedd golwg wael ar Sera, ei hwyneb yn rhychlyd, ei gwddw yn llinynnog, a hithau ddim ond yn rhyw drigain oed. Yr oedd golwg dlodaidd ar y tŷ, o eisiau papuro a pheintio; ac eto ni thybiai fod ei modryb yn dlawd.

Cododd Mair fel petai rhywbeth wedi ei phigo a dechreuodd grynu. Cerddodd ymlaen ar hyd y llwybr mynyddig; grug ar un ochr iddi, a gwelltglas llwm ar yr ochr arall. Yr oedd popeth mor dawel, a'r mwg yn ymestyn yn syth o'r tyddynnod a ymguddiai yng ngheseiliau'r ponciau; popeth yn dawel ag eithrio ei thu mewn hi. Yr oedd wedi colli gafael ar y pethau bach a roddasai bleser iddi wyth mlynedd yn ôl. Tybiai y pryd hwnnw mai dyma oedd hyd a lled y byd. Câi ledu ei hesgyll wrth edrych arno y pryd hwnnw. Ond erbyn heddiw aethai i feddwl mai'r coleg oedd y byd mawr, ac nad oedd neb yn bod yn y byd mawr hwnnw ond Bryn, ei chariad, a hithau. Sawl gwaith y dywedasai, 'Bryn a minnau' ers blwyddyn, wedi cau popeth arall allan, salwch ei Modryb Elin, bywyd caeth ei Modryb Sera, gwaith caled ei thad. Ond yr oedd rhywbeth wedi digwydd iddi heno. Yr oedd crac yn rhywle. Yr oedd awyrgylch tŷ ei modryb wedi cael effaith ryfedd arni. Ni allai ddweud ei bod wedi cael cip ar deimladau ei modryb, na'i bod wedi medru cydymdeimlo â hi, ond yr oedd wedi cael cip-olwg ar ryw undonedd mawr, undonedd cystudd, undonedd gweini ar y claf, undonedd bywyd, a hithau mewn blwyddyn o amser wedi bod yn llawn gyforiog o bob amrywiaeth teimlad, wedi bod mewn cariad, wedi cael ei charu'n ôl, wedi cael ei mwytho a'i hanwylo, o gael rhedeg i bob llawenydd, ac erbyn hyn wedi cael edrych ymlaen at ei phriodas. Yn awr daeth y cwestiwn, beth wedyn? i'w phen.

Pan gyrhaeddodd gartref, y cwestiwn cyntaf a ofynnodd ei thad iddi oedd, a oedd yn teimlo bod ei Modryb Sera yn bigog, a meddai, 'Mae'n debyg ei bod hi'n teimlo'n ddig dy fod ti'n priodi a ninnau wedi cael benthyg hanner canpunt ganddi i'w roi i ti i fynd i'r Coleg.'

Dyma'r man cyntaf i Mair glywed am hyn. Nid oedd ganddi fawr i'w ddweud ar y mater. Penderfynodd mai'r peth gorau iddi oedd mynd i'w gwely i geisio edrych ar y cyfan yn ei liw priodol. Ar un munud tybiai y dylai fynd at ei modryb y munud hwnnw i'w sicrhau y câi'r arian yn ôl yn fuan, ond ail-feddyliodd. Yn ôl a welsai ar ei modryb yn gynharach, nid arian oedd uchaf ar ei meddwl. Taflodd y peth o'r neilltu. Os câi le, fe allai eu talu yn bur fuan. Ei phoen hi oedd fod rhywbeth wedi digwydd yn ei hagwedd tuag at Bryn. Hyd yn hyn, edrychai ar ei charwriaeth a'i phriodas fel petai'n edrych drwy sbienddrych cryf, wedi ei osod fel na welai ddim ond hi a Bryn trwyddo, heb ddim o'r cefndir na'r pethau o'u cwmpas. Ond yr oedd ei hymweliad â thŷ ei modryb heno wedi gwneud iddi edrych drwy ben arall y sbienddrych a gweld Bryn a hithau yn llai yn y darlun a'r cefndir yn fwy.

Wedi iddi droi a throsi drwy'r nos yn gorff a meddwl, penderfynodd fynd i weld Bryn a dweud wrtho na fedrai briodi ar hyn o bryd, beth bynnag.

Yr oedd y trên yn sgrytian, a Mair yn methu cael trefn ar ei meddyliau. Yr oedd yn hongian rhwng dau fyd. Nid oedd yn mynd yn ôl i'r coleg. Ni fedrai ail-ddal y peth hwnnw fyddai gwneud siarad efo Bryn yn beth mor bleserus wrth glertian hyd furiau'r coridorïau, nac ail-ddal y pleser o gael rhodianna efo fo hyd lwybrau cynefin Bangor. Nid oedd wedi llwyddo i adael ei chartref ar ôl ychwaith fel y byddai'n medru gwneud bob amser wrth ddechrau tymor newydd yn y coleg. Byddai'r daith yn y trên y pryd hynny yn rhyw fath o lanhâd ac o dorri i ffwrdd oddi wrth bethau cartref a phlentyndod, y pethau hynny sy'n mynnu glynu wrth rywun hyd ei fedd, meddai pobl. Y pryd hynny torrai oddi wrthynt megis torri cansen. Ond heddiw yr oedd agwedd ei modryb a'i thad a'i mam yn mynnu cyrraedd ati a'i phwnio, a dyfod rhyngddi hi a Bryn. Gwelai ei mam yn ddynes wag, a'i siarad fel cacwn mewn potel. Diarhebai ati hi ei hun yn meddwl y fath beth am ei mam, a hithau yn wraig tŷ mor dda, ac wedi ei chadw hi yn dwt a del erioed. Cofiodd beth a ddywedodd Ceridwen, ei ffrind, wrth ben cwpanaid o goco ryw noson yn y neuadd, 'Peth ofnadwy yw dechrau dwad i 'nabod pobl.'

Yn y tŷ bwyta, meddai Bryn, 'Mi 'roeddwn i'n synnu cael eich llythyr ddoe, a ninnau ddim ond newydd weld ein gilydd.'

'Oeddech, mae'n siŵr, ond mae pethau rhyfedd yn digwydd mewn ychydig amser.'

'Beth sy wedi digwydd?' ebe Bryn mewn dychryn.

'O, dim byd ofnadwy, ond bod rhyw anniddigrwydd yn fy meddwl, dyna'r cwbl, ac mae a wnelo fo â chi.'

'Allan â fo, dyna'r peth gorau. 'Rydach chi'n siarad fel Saul ar i ffordd i Ddamascus.'

'O, peidiwch â chellwair, Bryn. 'Doeddwn i 'rioed cyn hynny wedi meddwl am fy nwy fodryb, ond eu bod nhw reit glên efo mi bob amser, ond mi ddwedodd Modryb

Sera ryw ychydig o bethau wrtha i y dydd o'r blaen imi weld beth oedd y ddwy wedi ei ddioddef.'

''Doeddwn nhw ddim yn dlawd, oedden nhw?'

'O, Bryn, nid tlodi ydi'r dioddef mwya yn y byd yma.'

'Fedrwch chi ddim dweud, 'does yr un ohonom ein dau yn gwybod beth ydi tlodi.'

'Ella. Ond dydw i ddim yn meddwl mai prinder arian oedd dioddef Modryb Sera, achos yr oedd hi wedi rhoi benthyg hanner canpunt i nhad er mwyn i mi gael amser hapus yn y coleg.'

'A mae hynny wedi rhoi rhyw fath o dröedigaeth i chi.'

'Welsoch chi 'rioed cyn lleied mae hynny wedi effeithio arna i. Mae hwnna yn beth y medra i ei wastatu eto.'

''Dydi hanner canpunt ddim llawer heddiw.'

''Roedd o'n llawer i modryb, ond mi 'roedd hynny'n poeni cyn lleied arna i fel na wnes i ddim rhedeg yno ar ôl clywed.'

'Ond beth sydd wedi digwydd?'

''Dwn i ddim fedra i ddweud. Mi chwarddwch am fy mhen, achos fuo chi na finnau 'rioed yn sôn am bethau 'run fath. Ond, dyna fo, mi ddaru'r ychydig ddwedodd Modryb Sera wneud imi deimlo na ddylwn i ddim cael yr hyn ydw i'n i gael.'

'Hynny ydi, os ydi Modryb Sera'n hen ferch, mi ddylwn innau fod yn hen ferch.'

'Ddim mor syml â hynna, 'machgen i. 'Does arna i ddim eisiau bod yn hen ferch.'

'Dyna rywbeth gwerth i glywed.'

'Peidiwch â gwamalu, Bryn.'

''Rydych chi mor ddigri.'

'O, dyna fo, 'daf i ddim ymlaen, mae'n amlwg nad oes

arnoch chi ddim eisiau gwrando.'

'Mi 'rydach chi'n ddel pan ydach chi mewn tymer.'

Wedi distawrwydd, dywedodd Mair ei bod am fynd adref.

'Mae'n amlwg fod eich modryb wedi cael effaith ryfedd iawn arnoch chi. 'Dydach chi 'rioed wedi siarad fel hyn efo mi o'r blaen. *(Yn addfwynach)* Rŵan, Mair, dwedwch eich stori. 'Dydi bod yn sur ddim yn gweddu i chi.'

Mae Mair bron â chrio erbyn hyn, ac meddai hi, 'Mi ddois i'ch gweld chi gan feddwl cael help i weld pethau'n glir. Y cwbl fedra i ddweud ydi mod i wedi cael golwg arall ar bethau yn nhŷ Modryb Sera ac y dylwn i gael llawer mwy o brofiad o'r byd cyn priodi.'

'Hynny ydi, y dylech chi gael dioddef ac aberthu tipyn gynta, am eich bod yn eich gweld eich hun yn hunanol, a phriodi wedyn.'

'Ddim o gwbl, Bryn. 'Dydw i ddim yn credu y dylem ni fynd i gyfarfod â dioddef, a dydw i ddim am weld bai arnaf i fy hun am fod yn hunanol wrth fy mod i'n cael pleser na chafodd fy modryb mono. Am wn i mai peth hunanol ydi'r hyn sy wedi gwawrio arna i.'

'Ewch ymlaen.'

'Wel, yn fan yna y mae o'n effeithio arnoch chi a minnau. Meddwl yr ydw i y dylen ni aros tipyn cyn priodi.'

'Pam? Y chi oedd fwyaf awyddus i briodi pan gawsoch chi'r fodrwy yna.'

'Yr oedden ni mor awyddus â'n gilydd, ond oedden ni?'

'Wel . . . oedden am wn i.'

'Am wn i?'

'Oedden.'

'Meddwl yr ydw i na wnâi o ddim drwg inni aros, a

chael gweld tipyn ar y byd, lledu'n hesgyll, ac ennill profiad o fyw efo pobl eraill, *cyn* inni fynd i fyw efo'n gilydd.'

''Rydw i'n tueddu i gytuno. Ond 'doedd dim rhaid i chi ddwad mor bell i ddweud hyn'na.'

'Dydi ddim yn dda gynnoch chi ngweld i?'

'Wrth reswm, ond dim ond pedwar diwrnod sydd er pan welais i chi.'

''Roedden ni'n gweld ein gilydd bob dydd yn y coleg.'

''Doedden ni ddim wedi'n dyweddïo y pryd hynny; mae diogelwch mewn dyweddïad; 'does dim diogelwch mewn caru coleg.'

'Cwestiwn. Ond mi 'rydw i'n gweld rŵan.'

'Gweld beth?'

'Gweld pam yr ydach chi'n cytuno y dylen ni aros tipyn cyn priodi.'

'Wel, wir! Dyna un dda; beth oeddech chi'n ddisgwyl?'

'I fod yn blaen, meddwl y basech chi'n anghydweld. Dyna pam y dois i'r holl ffordd i fanma i ddweud wrthoch chi, yn lle sgwennu.'

Ebe Bryn gan newid, 'Mae'n ddrwg genni, Mair, 'mod i wedi'ch herian chi. Yn naturiol, 'rydw i'n siomedig, ond mae yna lot o wir yn hynny 'rydach chi yn i ddweud. Y peth sy'n fy mhoeni i ydi mai effaith tŷ eich modryb arnoch chi wnaeth i chi weld hyn'na. Mae o'n rhywbeth afiach i mi, fel dewiniaeth neu rywbeth felly.'

'Os peth felly ydi o, mi eith y teimlad heibio, ac mi fyddaf ar dân o eisiau priodi yn fuan.'

'Mi gytunwn ni fel yna, ynte.'

'Dyna chi'n siarad fel chi eich hun rŵan, Bryn; doeddech chi ddim gynnau.'

'Na, mi 'roedd gynnoch chi ryw neges ryfedd iawn.'

‘Mi rof i’r fodrwy yn ôl i chi.’

‘Na, ddim o gwbl.’

Cusanodd hi’n oer.

Eithr ar y ffordd adre yr oedd Mair yn hollol anhapus. Y peth dwaetha ar ei meddwl oedd y buasai Bryn yn cytuno; yr oedd hynny’n siom iddi, nid oedd waeth iddi gyfaddef y gwir iddi hi ei hun. Ac eto, yr oedd wedi rhyddhau’r ffordd iddo a lliniaru ei chydwybod hithau. Nid oedd wedi rhoi poen fawr i Bryn fel yr ofnai. Penderfynodd fynd i weld ei modryb, ond cofiodd ei bod i ffwrdd am yr wythnos. Fe gâi sôn wrthi am yr arian, ac fe gâi weld beth fyddai effaith y tŷ arni y tro hwn.

‘Fe ddaethoch i’r dim,’ meddai ei modryb, a fwynhâi bennog picl i swper, a gofyn i Mair ymuno â hi.

‘’Roedd arna i eisiau galw,’ meddai Mair. ‘Mi ddwedodd nhad wrtha i eich bod wedi rhoi benthyg arian iddo i’w rhoi i mi at fynd i’r coleg.’

‘’Doedd dim eisiau iddo fo ddweud wrthoch chi.’

‘Mi ’rydw i’n ddiolchgar iawn i chi, a chithau yng nghanol eich trafferthion eich hun. Ond mi gewch nhw’n ôl cyn gynted ag y medra i eu hel nhw.’

‘Cymerwch eich amser; nid dyna oedd ucha ar fy meddwl i y noson y bu eich tad yma.’

‘Mi fûm i yn gweld Bryn y dydd o’r blaen, ac mi fydd yn rhyfedd gynnoch chi glywed nad ydym ni ddim yn mynd i briodi, ar hyn o bryd beth bynnag. Fedrwch chi wrando arna i, Modryb, os dyweda i fy mhoen wrthoch chi?’

‘Os ydach chi’n meddwl y teimlwch chi’n well, dwedwch.’

‘Mae rhywbeth wedi digwydd i mi er pan ddois i adre o’r coleg. ’Doeddwn i’n meddwl am ddim ond am fy mhriodas pan gyrhaeddais i gartre. Ond mi ddaeth rhywbeth drosta i'n sydyn; mi welais briodi yn llai o beth, a bod yna bethau eraill yn y byd yma. Gweld fy hun yn fy nghlymu fy hun yn un ar hugain oed, a hynny pan fasai genni siawns i gael gweld mwy ar y byd, troi mewn gwahanol gylchoedd, lledu fy ngorwelion a chael profiad gwahanol o fywyd . . .'

'Ond mi fasech yn cael hynny ar ôl priodi gan eich bod yn meddwl bod yn athrawon eich dau; mi fasech yn troi mewn gwahanol gylchoedd, fel y dywedwch, ac yn lledu'r gorwelion gan y byddai'r bywyd yn wahanol i fywyd coleg.'

'Ond fasai o ddim yr un peth.'

''Dydw i ddim yn un farn â chi yn fanna, Mair. Ydach chi'n siŵr eich bod chi'n caru'r hogyn yn ddigon i'w briodi o? Gweld yr ydw i na fasai y meddyliau eraill yna ddim yn dwad i gyffiniau eich meddwl chi, pe basech chi.'

'O, dwn i ddim, Modryb. Mi es i weld Bryn i ofyn iddo fasai o ddim gwell inni ohirio'r briodas am dipyn, a wyddoch chi beth ydi fy mhoen i rŵan? Mi 'roedd o'n cytuno.'

'Mair annwyl, mi 'rydach chi mewn twll.'

'Ac yn mynd yn fwy o dwll wrth dreio dwad allan ohono fo.'

'Ylwch, Mair, efallai mai peth dros dro ydi o, ac ella ymhen ychydig ddyddiau y byddwch chi ar dân am briodi eto.'

'Mi eill hynny ddigwydd; 'rydw i wedi gweld nad ydi Bryn ddim yn awyddus i briodi, a fedr neb ddileu hwnna. O, mi 'rydw i wedi bod yn fyrbwyll,' meddai hi dan grio.

'Mae genni newydd syfrdanol i'w ddweud wrthoch chi, Mair. 'Rydw i'n mynd i briodi efo Wil y Saer. 'Rydym ni yn gyfeillion er erioed; 'roedd o'n ffrind i nhad a mam.'

'O, Modryb,' meddai Mair, a chodi i roi ei breichiau am wddw ei modryb, 'mae'n dda genni glywed. Mae Wil yn gymeriad nobl, ac wedi byw yn hapus efo'i wraig gynta. Mi fyddwch eich dau yn hapus iawn, rwy'n siŵr, ac mae cyfeillgarwch yn golygu eich bod yn ei garu â chariad distaw, cyson.'

Ail-ddechreuodd Mair grio eto, o falchder y tro hwn.

'Mi fydd gynnoch chi gwmni diddan rŵan, yn lle bod yn unig, a mi fydd gynnoch chi ddiddordeb newydd mewn bywyd.'

Cododd Mair ei chalon ac edrych ymlaen i'r dyfodol, i'w dyfodol hi ei hun ac i ddyfodol ei modryb. Fe'i gwelai hi ei hun yn helpu ei modryb i brynu dillad at ei phriodas ac i dwtio'r tŷ. Gwyddai y byddai ei mam yn gas iawn wrthi, ond dim gwahaniaeth. Fe âi hynny drosodd. Yr oedd wedi ymgeisio am le yn athrawes, ac fe allai edrych ymlaen at ddechrau bywyd newydd os llwyddai. Neu efallai mai priodi y byddai hithau.